KB058844

마기 Magi

틀 생산직 중 한 명으로 무기 장인.
윰과 함께 신 광석의 가공에 도전한다.

Only Sense
온리 센즈 온라인
Online 07

"뜨거워서 못 참겠어.

얼른 이쪽으로 올래?"

세이 Sei
윤의 현실 누나. OSO에서 손꼽히는
[마법사]. 대형 길드의 부길마도
맡은 윤의 리얼 누나.

온리 센스 온라인
7

아로하자초 지음 | **유키상** 일러스트 | **한신남** 옮김

커버 그림, 본문 일러스트 | **유키상**

Only Sense Online
거대 육지거북과 등정작전

서장 ≫ [페어리 링]과 드랍률 /////////////////////// p009

1장 ≫ 등산 센스와 산사나이 /////////////////////// p021

2장 ≫ 벙커비와 산악 채굴 /////////////////////// p059

3장 ≫ 마법로와 블루라이트 /////////////////////// p093

4장 ≫ 고원 에어리어와 대폭주 /////////////////////// p128

5장 ≫ 다마스커스와 [속성연고] /////////////////////// p161

6장 ≫ 그랜드 록과 코카트리스 킹 /////////////////////// p201

종장 ≫ 신기한 휴식소와 체내 던전 /////////////////////// p232

작가 후기 /////////////////////// p242

Only Sense
우리 센스 온라인
Online 07

윤 　Yun

최고로 인기 없는 무기 [활]을 택해버린 초심자 플레이어.
수습 생산직으로서 부가 마법이나 아이템 생산의 가능성을
깨닫기 시작하고 ━━━━

뮤우 　Myu

윤의 리얼 여동생. 한 손 검과 광 마법을 다루는 성기사로
완전 전위형. 베타판에서는 전설이 될 정도의 치트급 플레
이어.

마기 　Magi

톱 생산직 중 한 명으로 플레이어들 중에서도 유명한 무기
장인. 윤의 든든한 선배로 충고를 해준다.

세이 　Sei

윤의 리얼 누나. 베타판부터 플레이한 최강 클래스의 마법
사. 수 속성을 주로 다루고 모든 등급의 마법을 구사한다.

타쿠 　Taku

윤을 OSO로 끌어들인 장본인. 한 손 검을 다루고 경갑옷
을 장비하는 검사. 공략에 애쓰는 정통파 플레이어.

클로드 　Cloude

재봉사. 톱 생산직 중 한 명으로 의
복류 장비품 가게의 주인. 윤이나
마기의 오리지널 장비 클로드 시리
즈를 만들었다.

리리 　Lyly

톱 생산직 중 한 명으로 일류 목공
기술자. 지팡이나 활 등의 수제 장
비는 많은 플레이어에게 인기를 얻
고 있다.

서장　[페어리 링]과 드랍률

　많은 플레이어가 아이템을 모으고 시간이 오래 걸리는 던전이나 필드 탐색 준비에 시간을 들이는 밤 시간. 정보 공유나 아이템 매매, 사회인 유저들의 참가 등으로 낮과는 다르게 번잡한 모습을 보이는 시간대의 [아트리엘]에서는——.

　"으음. 이 가게의 전병 맛있네."

　"이쪽의 녹차도 안 마시면 섭섭하지. 자, 단 거."

　"나는 전병보다도 단연코 이쪽의 사탕. 단 게 좋아."

　사람이 적은 시간대를 재어서 그 녀석들이 가게 한구석을 점거하는데…….

　"저기, 너희들 왜 내 가게에 온 거야?"

　"으음?"

　의아한 표정을 하며 이쪽을 돌아보는 장난꾸러기 요정과 그 친구들은 입에 넣은 과자를 열심히 삼키고 요정 사이즈 컵에 담긴 뜨거운 녹차로 꿀꺽 넘기더니 이쪽의 질문에 대답했다.

　"아니, 여기가 마을에서 가장 조용하게 휴식할 수 있는 장소고."

　"아니, 요정들의 집합소로 개방할 생각 없거든?"

　새된 눈으로 노려보았지만 '그래도 말이지~'라면서 엉덩이 밑에 깔고 앉았던 삼색 젤의 합성 몹 위에 쓰러졌다. 인간을 나태하게 만드는 소파인가 생각하자 마자 바로 다른 요정들도 마찬가지로 늘어졌다.

전병을 한 손에 들고 소파에서 늘어진 요정이라니, 판타지에 대놓고 싸움을 거는 거라고밖에 생각되지 않았다.

"그래서 아까부터 뭐 하는 거야?"

"응? 이거?"

요정들의 앞에 내민 것은 생산용 레시피나 조합 비율을 기록한 노트였다. 해석한 레시피나 기존 레시피의 조합비율의 검증 등, 더 나은 효율의 물건을 만들기 위한 시행착오의 결과를 항상 이 노트에 기록하였다.

그리고 지금 노트가 펼쳐진 페이지에는 생산과 조금 다른 항목의 검증 결과가 남아 있었다.

"[페어리 링]의 효과 검증 결과를 보고 있었어."

"아, 그거 말이지."

그렇게 말하며 장난꾸러기 요정이 내게 날아와서 오른손 검지를 건드렸다. 그리고 납득한 것처럼 거기에 낀 반지를 쓰다듬었다.

한 차례 [요정 빙의] 효과가 담겼던 이 액세서리는 요정을 해방한 결과, 예전 액세서리로 돌아가지 않고 유니크 장비로 변했다. 그 추가효과인 [요정의 축복]의 효과 검증 결과를 노트에 기록해두었다.

"스테이터스의 미량 상승은 계측할 수 없었지만, 성공 판정이 있는 스킬의 성공률, 레어 드랍률, 각종 속성 대미지,

상태이상의 내성이 각각 3퍼센트 상승."

"그거 대단한 거야?"

"아니, 모르겠어. 하지만 오차의 범위 아닐까? 뭐, 다른 액세서리나 센스 효과와도 중복되니까 나쁘진 않겠지."

이 [요정의 축복]의 효과 검증을 나 혼자서 할 수 있을 리가 없었다. 마찬가지로 [요정의 축복]을 가진 플레이어들이 일부를 거들어서 정보를 모아주었다.

"뭐, 스킬과 드랍률이 3퍼센트인 건 오차 범주에 들어가지만, 고정인 건 좋아."

스킬 성공률이라고 해도, 적의 스테이터스를 낮추는 〈커스드〉처럼 저항이 가능한 타입의 스킬도 성공률이 올라간다.

또한 스킬이 아니라 수작업을 통한 생산 활동에도 이 효과가 적용되기 때문에, 정밀한 수작업으로 올라간 성공률을 또 올릴 수 있다는 건 도움이 된다.

"다만 이 레어 드랍률 상승이 좋은 건지 나쁜 건지 모르겠어."

"나는 잘 모르겠지만, 그 드랍률이란 게 대단한 거야?"

"나도 그리 중요하다고 보진 않는데——"윤, 그럼 그걸 넘겨줄래?"——우와앗?! 세, 세이 누나?! 깜짝 놀랐네."

갑자기 나타난 세이 누나. 사람이 없는 시간대라 방심했기 때문에, 의자에서 떨어질 뻔하다가 황급히 카운터에 매달렸다.

"난 드랍운이 없으니까 그런 아이템이 필요해."

"아, 그러고 보면 세이 누나는 노리는 드랍템이 빗나가는 일이 많았지."

세이 누나는 실력 있는 마법사로 OSO에서 손꼽히는 길드 중 하나인 [팔백만]의 부길마라는 입장의 플레이어다. 하지만 그런 누나의 유일한 결점이라면 물욕 센서라고 할까, 드랍운이 나쁘다는 점이다.

"윤, 그 반지를 넘겨주지 않을래? 돈이라면 있어."

"안 돼. 아무리 돈을 쌓아줘도 팔 생각 없어."

최근 뮤우도 비슷한 소리를 하기 때문에 똑같은 대답을 한 적이 있다.

"그래. 이건 우리와의 유대의 증거니까!"

그렇게 말하며 보란 듯이 내 오른손에 달라붙는 장난꾸러기 요정.

"우우, 뮤우한테도 거절했다는 이야기를 들었지만 역시 안 되나."

"세이 누나도 무사히 요정 퀘스트를 클리어했잖아? 어쨌어?"

"[페어리 링]의 정보가 나오기 전에 요정의 소원을 다 써버렸어."

추욱 기운을 잃는 세이 누나. 정보를 더 일찍 알았으면, 이라고 중얼거리지만 아쉽게도 해줄 수 있는 게 없었다.

그런 세이 누나의 어깨에는 장난꾸러기 요정이 "뭐, 기운 내. 사탕 먹을래?"라면서 사탕을 내밀었다.

며칠 전에 장난꾸러기 요정이 가져온 식재료 아이템인 벌꿀을 사용하여 만든 허니 캔디. 세이 누나는 그걸 입에 놓고 기쁜 듯이 얼굴을 폈다.

"어쩔 수 없나. 옥션이나 노점에는 아직 나오지 않았고, 퀘스트 한정 입수 아이템도 아니니까. 길드에서 멤버를 모아서 노려볼까. 몇 개정도 손에 넣어서 길드의 공유 아이템으로 해도 좋을지도."

그렇게 말하며 평소처럼 미소를 띠었다. 그 타이밍에 NPC 쿄코가 내놓은 차를 마시며 세이 누나는 한시름 돌렸다.

범용성도 높고 레어 드랍률을 약간 상승시켜주는 [페어리 링]. 이것의 입수방법은 기간 한정인 요정 퀘스트가 끝나는 동시에 있었던 업데이트 뒤에 추가되기도 하였다.

"분명히 던전에서 [요정 빙의] 액세서리가 나온다고 했나?"

"업데이트로 추가됐어. 퀘스트를 클리어할 수 없었던 사람이라도 다소 그 한정 이벤트의 분위기를 즐길 수 있도록."

기간 한정인 요정 퀘스트는 업데이트와 함께 끝났지만, 그 업데이트를 통해 [요정 빙의] 액세서리가 통상 플레이로도 입수 가능해졌다.

예를 들어서 일정 레벨의 던전의 보물상자에 들어 있거나 NPC 상점에 때때로 입하된다.

그 경우 [요정의 소원]의 횟수는 전부 1회라서, 요정 퀘스트의 보수와 비교하면 적다.

"뭐, 느긋하게 노릴 수밖에 없어."

"그거 노릴 만해?"

"글쎄, 어떨까? 어쩌면 보스를 계속 잡으면서 레어 드랍을 노리는 사이에 손에 들어올지도 모르고, [요정 빙의] 액세서리만 노리며 던전 보물상자를 뒤지면 의외로 금방 나올지도 모르니까. 그러니까 최전선의 던전에 들어가서 느긋하게 노릴게."

꽤나 느긋한 자세라고 생각하면서 이야기하는 도중에, 장난꾸러기 요정이 사탕을 깨물며 대화에 끼어들었다.

"나는 어려울 거라 생각해. 한참 전에 봉인된 요정들이니 인간들에게는 흥미 없을 거고."

"흐음, 그건 그런 설정이 있나. 처음 들어. 윤은 알고 있었어?"

"아니, 몰라."

나도 처음 듣는다고 말하자, 요정이 "응, 처음 말했으니까"라고 대답하는 바람에 힘이 쭉 빠졌다.

"뭐, 봉인된 요정 같은 건 우리가 모르는 시대지만, 그렇게 많이 있지는 않을 거야."

"결국은 액세서리의 입수률이 낮다는 소리일까?"

"하지만 입수하기 어려우면 거기서 [페어리 링]이나 요정의 사역 몹을 얻는 경우는 더 드물겠는데."

현재 장난꾸러기 요정처럼 액세서리에서 해방된 요정이 다시금 플레이어의 곁을 찾아오는 건 수십 개 정도의 사례가 있지만, 액세서리가 [페어리 링]이 된 사람은 적다. 거기서 또 요정을 사역 몹으로 만든 사례는 내가 알기로 딱 한 명뿐이다.

"아, 그렇게 되면 적 몬스터를 쓰러뜨려서 레어 드랍을 얻는 것과 [페어리 링]을 입수하는 것 중 어느 쪽이 빠를까? 뭐, 생각해봐도 소용없지만."

그렇게 말하며 기지개를 켜고 필요한 소모품인 포션이나 소생약을 사서 가게를 떠나는 세이 누나. 내게 가벼운 푸념이라고 할 만한 잡담을 하고 속이 풀린 모습이었다.

"그렇긴 해도 드랍률의 상승이라. 확률이 낮으면 낮을수록 그 효과가 커지는 걸까?"

예를 들어서 레어 드랍률이 1퍼센트인 아이템을 노릴 때는 적 몬스터를 100마리 쓰러뜨리면 입수할 가능성이 있다. 그런데 [페어리 링]을 장비하면 확률이 3퍼센트 상승하여 4퍼센트가 되기 때문에 쓰러뜨릴 숫자가 100마리에서 25마리로 바뀐다.

역시나 이 정도 차이가 있으면 큰 변화라고 느껴지겠지.

"……나도 레어 드랍을 노리고 사냥이라도 할까?"

나도 장비품용 강화소재가 필요해졌기에 그렇게 중얼거렸다.

●

나는 레어 드랍을 노리는 사냥을 위해 전투용 센스 구성을 장비했다.

소지 SP 29
[활 Lv43] [장궁 Lv17] [하늘의 눈 Lv10] [속도 상승 Lv31]
[간파 Lv18] [마법 재능 Lv50] [마력 Lv50] [부가술 Lv30]
[지 속성 재능 Lv22] [요리 Lv30]
대기
[조약 Lv34] [연금 Lv35] [합성 Lv36] [생산의 소양 Lv37]
[조교 Lv10] [조금 Lv5] [수영 Lv13] [언어학 Lv22]

그중에서 규정 레벨에 도달하여 성장시킬 수 있는 센스를 발견하고 센스를 성장시켰다.

이번에는 [속도 상승 Lv30] 이상의 상위 센스인 [준족]. 그리고 [요리 Lv30]의 상위 센스인 [요리사]로 성장시켰다.

또 [마력]과 [마법 재능]의 레벨이 모두 50을 넘은 단계에서 두 개의 센스가 통합되어서 새롭게 [마도] 센스를 취득했다.

[마도] 센스의 메리트는 센스칸 하나로 [마력]과 [마법 재능]의 양쪽의 효과를 낼 수 있다는 점. 레벨이 1이라서 스테이터스 상승치가 내려간 게 디메리트지만, 성장률이 높을 터였다. 그걸 보충하기 위해 다시금 [마력] 센스 등을 취득하

는 방법도 있지만, 애초에 MP가 남기 때문에 필요 없었다.

그리고 새로워진 센스가 이렇다.

소지 SP 25

[활 Lv43] [장궁 Lv17] [하늘의 눈 Lv10] [준족 Lv1] [간파 Lv18]

[마도 Lv1] [부가술 Lv30] [지 속성 재능 Lv22] [조약 Lv34]

[요리 Lv30]

대기

[연금 Lv35] [합성 Lv36] [생산의 소양 Lv37] [조교 Lv10]

[조금 Lv5] [수영 Lv13] [언어학 Lv22]

이렇게 구성한 센스 스테이터스를 확인하고 내 전투법으
로 유리하게 싸울 수 있는 몹을 선택하였다.

"원거리 공격이 먹히고 내가 상대할 수 있는 몹은……."

잠시 생각했지만, 그렇게 딱 맞는 몹은 떠오르지 않았기
때문에 깊은 한숨을 내뱉었다.

"역시 생산직의 솔로 플레이면 혼자서 할 수 있는 게 뻔하
구나. 약하고 어중간하니까 레벨보다 약한 곳밖에 못 가."

소유 센스 중에서 전투에 적합한 센스로 짜봤는데, 애초
에 나도 방향성을 알 수 없었다.

활 계열 센스에 요리, 지 속성 마법, 인챈트, 보조 계열 능

력에 속도 상승. 원거리 타입인지, 근접 타입인지, 마법사인지 모르겠다.

재주는 많지만 실제로 딱 뛰어난 게 없다.

"하아. 지금 레벨이라면 나라도 쓰러뜨릴 수 있는 블레이드 리저드나 골렘 정도의 보스 몹을 돌아보자."

출현률이 낮은 레어 몹이나 유용한 템을 드랍하는 강한 몹을 상대하기보다도 고정 출현하는 약한 보스 몹을 노리는 편이 낫겠지.

레어 드랍에는 검린석과 지 정령의 돌도 있다.

"자, 가볍게 가볼까."

나는 [아트리엘]에 설치된 미니 포털을 이용하여 제2마을로 날아가, 거기서 제1마을 쪽으로 향하는 길을 가로막은 블레이드 리저드를 발견하였다.

선객은 없는 모양인지, 나 혼자서 몇 차례 블레이드 리저드에게 계속 도전하였고, 다른 날에는 골렘과도 싸웠다.

평소에는 별로 하지 않는 일이지만, [페어리 링]을 착용하여 레어 드랍을 노리는 건 한마디로 별로 재미가 없었다.

블레이드 리저드에게는 원거리에서 활로 찔끔찔끔 공격하여 대미지를 쌓았다. 도망치면서 상대가 쓰러질 때까지 활로 계속 공격할 뿐이다. 초기 마을 주변의 보스 몹인 것도 있어서 공격 패턴이 단조롭기 때문에 거의 단순 반복만으로 이길 수 있었다.

가끔씩 질려서 공격 방법을 마법 한정으로 해보거나 식칼

한정으로 해보았지만, 대부분의 경우 활보다도 대미지량이 적어서 괜히 시간만 걸리거나 익숙하지 않은 탓에 실수로 적의 공격을 허용하여 다급히 거리를 벌리고 포션으로 회복하는 경우가 많았다.

"역시 블레이드 리저드보다 골렘 쪽이 강한 것 같아."

그것이 레어 드랍을 노린 몇 차례의 사냥이 끝난 뒤의 감상이었다.

골렘은 내구력이 높고 물리 계열 몹이기 때문에 활이나 식칼로 들어가는 대미지가 적고, 또 그것만으로 공격하면 마법이나 식칼로 블레이드 리저드를 쓰러뜨리는 것보다도 훨씬 시간이 걸리기 때문에 지 속성 마법으로만 쓰러뜨렸다.

대미지 자체는 다른 공격 수단과 비교해서 괜찮지만, 같은 지 속성이기 때문에 다소 효율이 안 좋았다. 그러니 골렘 사냥은 지 속성 마법의 레벨업과 평소에 쓰지 않은 마법의 연습이라고 생각하고 느긋하게 마법을 날리고 도망쳐서 포션으로 MP를 회복하기를 거듭했다.

"레벨은 오르지 않았지만, 사냥 성과로는 괜찮겠지?"

모은 드랍템을 나중에 정리해본 결과, 레어 드랍은 검린석이 12개, 지 정령의 돌이 7개 나왔다. 출현 확률 5퍼센트의 레어 드랍이 액세서리의 효과로 8퍼센트가 되었다고 생각했는데, 이번에는 운이 좋았는지 기대했던 숫자보다 강화 소재가 많이 나와서 다소 기분이 좋았다.

"그렇긴 해도 쓸데가 없어. 뭐, 액세서리라도 적당히 만들고 강화소재로 가게에 둘까."

　그리고 [아트리엘]의 공방에는 망치를 두들기는 새된 소리가 한동안 울렸다.

1장   등산 센스와 산사나이

"그래. 오늘은 조금 멀리 나갈 건데 같이 갈래?"

"뭐?"

고등학교 점심시간. 내가 도시락을 먹으면서 타쿠미와 이야기하는데, 타쿠미가 갑자기 그런 말을 꺼냈다.

"뭐야, 갑자기? 게임 이벤트? 아니면 신작 게임이 나오니까 사러 가는 거야? 설마 게임 쇼의 기업 부스라도 보러 가게?"

내가 새된 눈으로 타쿠미를 바라보자, 퉁명스럽게 얼굴을 찌푸리며 부정하였다.

"아냐. 애초에 이벤트 참가에는 사전 준비가 필요하잖아. 게다가 게임 발매일에 줄 서서 사는 것보다도 인터넷으로 사는 게 편해."

"너도 참 재미없는 소리를 한다."

"나는 좋아하는 게임을 1초라도 빨리 하고 싶은 게 아니라 많은 게임을 1초라도 오래 하고 싶어."

그 말을 들은 나는 '참, 타쿠미답네'라는 감상을 품었다.

"그럼 뭐야? 멀리 나간다는게 OSO였어? 왜 나를 데려가는데?"

짚이는 거라고 하자면 게임 안의 사냥이겠지만, 타쿠미에게는 고정 파티 멤버나 지인과 임시 파티를 짠다는 선택지도 있다. 일부러 나 같은 어중간한 생산직을 부를 이유를 모르겠다.

"그야 다른 사람들은 학교 시험이나 시험공부 같은 게 있어서 타이밍이 안 맞거든."

"그럼 타쿠미도 공부를 하면⋯⋯."

"우리 시험 기간은 지난주로 끝났잖아!"

다른 학교는 모르지만, 우리 학교는 시험이 지난주에 끝나서 교실에는 시험 직후의 김빠진 분위기가 퍼져 있었다.

"그래서! 항상 똑같은 광경만 보면 자극이 없잖아. 그러니까 조금 다른 행동으로 기분전환을 하자는 거지."

"그렇다고 왜 나를 데려가는데?"

"슌, 너 최근 마을 밖으로 안 나갔잖아?"

"꼭 그렇지도――."

타쿠미의 지적에 반론하려고 떠올려보았다――.

학교에 갔다가 집에 돌아와서 집안일을 하고 한숨 돌리고 공부를 시작한다.

그리고 휴식시간에 OSO에 로그인해서 [아트리엘]의 하루 매상을 체크하고 줄어든 약 재고를 스킬로 단시간에 작성.

다음에는 조금 시간이 나거든 레어 드랍 사냥으로 입수한 강화소재를 붙이기 위한 장식품을 [세공] 센스로 계속 만들었다.

[세공] 계열 스킬인 〈컬러링〉이나 〈디자인〉을 이용하여 내 마음대로 외견을 바꿔보는 등 기분전환을 하고 또 공부하러 돌아갔다.

"——뭐, 딱히 문제는 없어."

"역시나. 미우도 집에서는 슌을 보는데 게임에서는 가게 밖으로 나가지 않는 모양이라는 이야기를 듣고 걱정했어."

아는 플레이어들에게 건강한 모습 좀 보여주라는 말에 신음소리를 끄윽 흘렸다. 반론할 수 없었다.

"알았어."

"좋아, 외출 승낙의 받았다! 그럼 어디로 갈까!"

"어이, 나는 타쿠미와 파티를 짠다고는 말 안 했어!"

"지인들에게 건강한 모습을 보여주려면 파티를 짜는 게 최고잖아."

타쿠미는 기분 좋은 미소를 지으며 자판기에서 산 종이팩 주스를 마시고 자기 점심인 빵을 입에 물었다.

나는 이러니저러니 하면서도 승낙하였다.

하지만 최근 내 활동을 돌이켜보면 분명히 계속 실내에 틀어박혀 있던 듯했다. 밖으로 모험하러 나가는 것은 전투 계열 센스의 레벨업도 되지만, 나는 그걸 그렇게 중요시하지 않는다.

"하지만 사실은 혼자서 모험하기 힘들어. 스테이터스나 센스 구성이 영 어중간해서."

"슌의 센스는 가짓수만 많지 뛰어난 뭔가가 없는 센스 구성이잖아."

"너무하다!"

"뭐, 그런 네게 적절한 레벨업 에어리어라고 하자면 제1마을 북부겠지."

다 마신 주스의 빨대를 질경이면서 자기 생각을 말하기
시작하는 타쿠미.

"그 근처의 적은 그럭저럭 강하고, 아이템 드랍도 은근히
괜찮아. 한동안은 나도 아는 사람들하고 파티를 짤 것 같지
않으니까, 슌의 캐릭터 레벨을 중점적으로 올리면서 자금
을 모아볼까."

"그래서 속내는?"

"내 레벨보다 좀 높은 에어리어에 도전했다가 무기나 방
어구 내구도가 떨어지고 포션 같은 소모품을 물마시듯이 마
셨어. 결과적으로 적자니까 그 보충."

"그럴 줄 알았다."

타쿠미의 거짓 없는 본심을 들었지만, 그래도 나의 캐릭
터 레벨업이라는 이유도 사실이라는 확인을 받았다.

"그런데 제1마을의 북쪽 에어리어는 어떤 곳이야?"

"제1마을에서 북부의 산악 에어리어 말이지. 너한테 부탁
하고 싶은 건 하늘의 적이야."

"하늘의 적? 뭐, 타쿠미가 근거리 공격, 내가 원거리 공격
이라는 분담이라면 알겠는데……."

"일단 경험치가 짭짤한 건 벙커비라고 하는 벌 모양의 몬
스터야. 그리고 운 좋게 레어몹인 퀸이라는 몬스터를 쓰러
뜨리면 강화소재가 들어오지."

"그래. 지상은 타쿠미가, 하늘은 내가. 알기 쉬워. 내친 김

에 내가 벙커비를 노리는 동안에 아이템 채취 같은 것도 부탁해. 주로 약초나 광석으로."

"그럼 방과 후에 집으로 돌아가서 로그인하기 전에 메일 보내."

"알았어."

그 뒤에 서로 몇 가지 조정이나 잡담을 주고받았다.

수업이 끝나고 집에 돌아간 나는 타쿠미의 메일을 확인하고 OSO에 로그인했다.

●

타쿠와의 약속장소는 북문 옆에 있는 잡화상 앞이었다. 우리 외에도 비슷하게 기다리는 사람들이 몇몇 있는 가운데 나는 타쿠를 발견했다.

"미안. 늦었나?"

"아니, 괜찮아. 딱 좋은 시간이야."

벽에 기대어 메뉴를 확인하던 타쿠가 손을 들었다.

"그럼 예정대로 사냥하러 가볼까."

우리가 발을 옮기자 주위의 시선이 어딘가 한 점으로 모였다. 다소 살기 띤 시선에 뭔가 불쾌한 거라도 있나 싶어서 주위를 둘러보았지만, 그럴 만한 건 보이지 않아서 고개를 갸웃거렸다.

"──의 에어리어의 적은……. 어이, 윤, 듣고 있어?"

"어, 미안. 딴 데 정신이 팔려서. 북쪽의 몹 이야기지?"

"그래. 그래서 산악 에어리어에는 지상에 매드시드와 라플라시안이라는 식물 계열 몹, 공중에는 에어로 스네이크와 벙커비가 출현해."

지상 쪽은 이름을 듣기론 씨앗과 꽃이겠지. 최근 요정 퀘스트로 꽃이나 가시덩굴 같은 식물 계열 몹과 싸웠다. 그리고 내가 상대할 비행형 몹은 에어로 스네이크와 벙커비라는 두 종류인 듯했다.

"매드시드의 특징이라면, 작아서 공격을 맞추기 어려워. 기본적인 스테이터스는 낮지만, 방어력이 높아. 그리고 제일가는 특징이——."

"특징이?"

"——폭발해."

"흐음~ 폭발이라……. 뭐, 폭발?!"

"그래, 일격으로 해치우지 못하면 빨갛게 껌뻑거리다가 엄청난 속도로 적에게 돌진해서 몸에 달라붙고 3초 뒤에 물리적으로 폭발하지."

"……우와."

상상만 해도 살짝 겁이 났다. 자폭 계열 몹은 무섭잖아.

"일격에 해치울 수 있다면 간단한 적이야. 폭발로 쓰러진 경우 경험치는 받지만, 아이템 드랍이 없으니까 그 점도 주의."

자폭한데다 아이템 없다니 가벼운 심술 같이 느껴지지만, 여러 마리의 매드시드가 몸에 달라붙었을 경우 단시간의 연쇄폭발로 내 매직 젬을 이용한 연쇄 보너스 같은 현상이 일어날지도 모른다. 그 점에 주의가 필요하다.

"그리고 또 한 종류. 라플레시안의 능력 말인데, 매드시드를 불러들여."

"……그것뿐?"

"아니, 물리, 마법 모두 내구력도 강해. 하지만 때때로 나오는 물리공격은 의외로 대미지가 커. 하지만 근접기이기도 하고 윤의 포션이면 별로 신경 안 써도 될지도."

"그것뿐? 그거랑 비슷한 특징의 몹이 있는데……."

"불러들인 매드시드는 공격을 받지 않아도 폭발해."

"우와."

완전히 저렙 플레이어를 학살하는 전법이다. 라플레시안이 대량의 매드시드를 뿌려서 돌격, 폭발시켜서 저렙 플레어를 쓰러뜨린다. 그리고 매드시드의 드랍템은 손에 안 들어오니까 적정 레벨이 아니면 수지가 안 맞는다. 하지만…….

"저기, 타쿠. 매드시드와 라플레시안을 쓰면 방어 계열 센스를 올릴 수 있지 않아?"

공격을 받으면 방어 계열 센스에 경험치가 들어온다.

"데스 페널티와 방어구 파손 등의 경비를 도외시한다면 불가능한 건 아닌데, 그보다 효율 좋은 레벨업 방법이 확립되었으니까. 그 녀석들은 레벨업에 맞지 않아."

딱 잘라 말했다. 내가 생각한 레벨업 방법은 이미 시험해본 녀석이 있었던 모양이다.

"에어로 스네이크와 벙커비는 하늘을 나는 뱀과 커다란 벌일 뿐이니까, 나중에 설명할게."

"대충이잖아, 나 참……. 그럼 미리 인챈트 걸어둘까?"

"음, 부탁해. 슬슬 북쪽 에어리어에 도착이야. 적이 보이는 족족 쓰러뜨리면서 산까지 가자."

"오케이. 〈인챈트〉──어택, 디펜스, 스피드!"

삼중 인챈트를 타쿠에게 걸고 북쪽 산을 향해 돌진했다.

그리고 머지않아 붉은 꽃봉오리에 새하얀 물방울무늬가 눈에 띄는 식물 계열 몹──라플레시안의 출현을 계기로 전투가 시작되었다.

──키에에에에에! 하는 기분 나쁜 비명 소리를 지르면서 라플레시안이 아름다움이나 귀여움과 거리가 먼 꽃봉오리를 오므리며 독살스러운 붉은 꽃가루를 토해내고 덩굴을 휘두르기 시작했다.

"윤! 너는 라플레시안을 노려! 나는 이제부터 나오는 피라미를 상대할게!"

"알았어!"

나는 활을 들고 라플레시안을 조준하였다. 그동안에 라플레시안의 꽃가루에 모여든 매드시드를 타쿠가 두 손에 든 두 자루 장검으로 단칼에 베어버렸다.

"왜 그래! 더 덤벼!"

그런 고함으로 도토리 같은 모양의 매드시드를 도발하고

검을 계속 휘둘렀다.

두 손의 장검을 다루어서 때로는 찌르기 후의 빈틈에 달라붙으려는 매드시드를 장검 자루로 때려서 날려버렸다.

타격의 충격으로 폭발하려고 껌뻑대기 시작하는 개체에 대해 타쿠는 한 발 나서서 터지기 전에 베어버렸다.

"어차, 위험했다. 역시 방어 연습이 되네."

"아니, 이건 방어 연습이 아니잖아?!"

덤벼드는 적을 상대로 순식간에 우선순위를 매기고 일격에 쓰러뜨리는 짓을 연습이나 훈련이라고 평하는 타쿠에게서 가치관의 차이를 느꼈다.

가벼운 풋워크로 때로는 피하며 검의 측면으로 튕기듯이 매드시드의 태클을 받아내고, 때로는 자루로 날려버린다.

방어에 최적화된 움직임은 아주 아름다운 연무처럼도 여겨졌다.

"아니, 남 구경하고 있을 때가 아냐. 나도 내 몫을 다해야지."

크게 심호흡을 하여 마음을 진정시키고 활시위를 당겼다. 목표는 라플레시안의 중심부.

"——〈궁기 — 단발꿰기〉!"

아츠로 위력을 올린 화살은 매드시드의 머리 위를 지나서 적색과 백색의 물방울무늬의 중심에 꽂혔고, 라플레시안이 기분 나쁜 비명 소리를 질렀다.

이 일격으로 쓰러지지 않은 라플레시안은 마구잡이로 덩굴을 휘두르며 화살을 막으려고 했지만, 나는 두 발, 세 발,

정확하게 화살을 날려서 대미지를 입혔다.

하지만 좀처럼 쓰러질 기색을 보이지 않는 라플레시안.
역시나 식물 계열 몹은 HP가 아주 높아서 터프하다.

"얼른 좀 쓰러져!"

소리치면서 날린 화살이 라프레시안의 중심에 꽂히고 간
신히 쓰러졌구나 싶어서 마음을 푼 순간 타쿠가 소리쳤다.

"윤! 놓친 게 그리로 갔어!"

"어? 우와!"

튀어서 덤벼드는 도토리 모양의 매드시드. 이미 타쿠가
방어하기 위해 장검 자루로 후려친 뒤라서 폭발하려고 껌뻑
이는 모습이었다.

그걸 보았을 때 [하늘의 눈]이 자동으로 능력을 발동되어
체감시간을 다소 연장시켰다.

나는 재빨리 손에 든 활을 버리고 허리의 칼집에서 식칼
을 뽑아 역수로 휘둘러서 베었다. 그와 동시에 체감시간도
원래대로 돌아와서 계속 껌뻑거리는 매드시드는 그대로 지
면에 떨어져서 빛의 입자로 변해 사라졌다.

"미안. 방향을 잘못 재서 그쪽으로 튕겨버렸어."

"아니, 괜찮은데 심장에 안 좋네."

크게 한숨을 내쉬고 타쿠 쪽으로 시선을 돌리자 마지막
매드시드를 쓰러뜨린 참이었다.

나는 지면에 떨어진 활을 회수하고 식칼을 벨트의 칼집에
갈무리했다. 이번에는 재빨리 식칼로 반격할 수 있었지만,

다음에 같은 상황에서 같은 반응을 할 수 있을지는 자신 없었다.

"하아, 또 이렇게 습격 받으면 머리가 새하얗게 되어서 못 움직일지도 몰라."

"으음, 그래? 뭐, 익숙해지면 돼, 익숙해지면."

그렇게 익숙해지기 위해 나는 몇 번이나 놀라야 하는 걸까. 한숨이 나왔다.

"매드시드는 그렇다고 치고 라플레시안은 내구력이 조금 높군. 윤은 조금 더 빨리 쓰러뜨릴 방법을 찾아야겠어."

"이 이상 더 빨리 쓰러뜨리라고?!"

"할 수 있다면 말이지."

"……선처하겠습니다."

그렇다면 보다 최적화된 전투법을 찾아야만 한다.

지금 가진 공격수단으로는……. 그런 생각에 끙끙대며 이동하는데 갑자기 타쿠 쪽에서 큭큭 하고 웃는 소리가 들렸다.

"뭐, 뭐야? 갑자기 웃고."

"아니, 처음에는 윤이 인기 없는 센스를 땄다 싶었는데, 지금은 충분히 싸우잖아."

"딱히 인기 있고 없고는 관계없잖아. 나야 여기에 익숙해졌을 뿐이고."

다른 무기를 쓴 적이 없다는 것도 이유 중 하나다.

타쿠는 칭찬하는 분위기였지만, 어떻게 반응해야 좋을지 몰랐다.

"그보다 얼른 가자. 시간도 그리 많은 건 아냐."

웃는 타쿠를 재촉하여 우리는 앞길을 서둘렀다.

몇 차례 라플레시안과 매드시드의 무리와 조우해서 전투를 반복하면서 산기슭까지 도착했다.

그동안 라플레시안에 대한 유효타로 무기에 화 속성의 〈엘리먼트 인챈트〉를 걸면 비약적으로 큰 대미지를 줄 수 있었지만, 소비하는 속성석을 현장에서 조달할 수 없었기에 잔량에 주의할 필요가 있었다.

●

그리고 산기슭에 도착한 우리를 기다리던 것은――.

"우와, 절경이잖아. 게다가 위쪽에 몹이 있어."

"지금 윤이 보고 있는 게 벙커비야."

타쿠가 그렇게 말하며 가리킨 곳, 30미터 이상 상공에는 두 종류의 몹이 날고 있었다.

하나는 벌 형태 몬스터의 무리인데, 그 형상은 아주 흉악하다고 할 수 있겠지. 배에 달린 독침이 무슨 창처럼 커다란 모습이었다. 또한 한 마리가 아니라 여러 마리의 무리로 행동하였다.

"저게 벙커비인가."

"그래. 저 위에 많이 있는데, 순회 루트를 따라서 내려오지. 공격방법은 집단으로 플레이어에게 달라붙어서 저 커다란 바늘을 파일벙커처럼 퍽퍽 찌르는 거야.”

“무서어!”

“그리고 대처가 늦으면 라플레시안이나 매드시드와 혼전이 되어서 몸은 말 그대로 벌집이 되고 다중폭발의 폭풍에 당한다!”

나는 그런 정보를 듣고 싶지 않았다. 커다란 바늘이 몇 번이나 몸을 관통하고 매드시드의 연속폭발에 휘말리다니 아마 버틸 수가 없다. 물론 정신적인 의미로도 HP라는 의미로도.

“벙커비는 내구력과 방어력이 낮아. 공격과 속도에 특화된 게 특징이지. 다른 종류인 에어로 스네이크는 숫자가 적고 일부러 노리지 않으면 안 내려와. 그냥 평범하게 하늘을 나는 뱀이야.”

그렇게 말하며 다른 곳을 보니 박쥐 같은 날개를 가진 녹색 몸의 뱀이 하늘을 헤엄치고 있었다. 날개로 하늘을 난다기보다는 몸을 굼실거리며 공기 중을 헤엄치는 느낌이었다. 날개는 위아래로 급하게 방향전환하기 위한 것인 듯했다.

숫자를 보면 뱀이 1일 때 벌 무리가 9 정도의 비율이겠지. 그런 벌 속에 퀸이라고 불리는 특수개채가 있을 가능성이 있는데, 어느 건지 알 수 없었다.

“으음……”

지그시 올려다본 곳에서 시커먼 벌의 집단을 보고, 낮은 날갯소리를 무수하게 울리는 집단이 일제히 덤벼드는 장면을 순간 상상하니 다리가 풀렸다.

"……저기, 타쿠. 벙커비는 그만두고 라플레시안만 잡아도 충분하지 않아?"

"무슨 약한 소리야. 드래곤이나 거대괴수와 비교하면 아직 나은 축이잖아."

"종류가 다른 공포를 나란히 놓고 말해도 말이지……."

타쿠는 눈짓으로 얼른 시작하라고 말하였다. 나는 거기에 대해 새된 눈으로 흘겨보았지만 최종적으로는 내 쪽이 꺾였다.

"알았어. 하지만 잘 지켜줘야 한다?"

"그건 확실히 할게. 그러니까 윤의 운이 퀸을 끌어들이기를 기대하겠어."

이 나이가 되어도 저런 근거 없는 무상의 신뢰와 미소를 보내주면 아무래도 약해져버린다. 나는 길게 한숨을 내뱉고 크게 숨을 들이마셨다.

활을 들고 상공의 벙커비를 조준하였다.

라플레시안처럼 움직임이 거의 없는 몸과 달리 개체들이 크고 기민하게 움직이기 때문에 조준하기 쉽지 않았다.

그런 가운데 가장 밀집률이 높은 시커먼 벌의 무리를 겨누어서 화살을 날렸다.

"윤이라도 어렵나. 하긴 당연한가. 마법으로 범위공격을 하는 거라면 모를까, 윤의 활은 점 공격이니까."

타쿠의 말처럼 날아간 화살은 벌을 한 마리 떨어뜨리지도 못 하고 하늘 너머로 사라졌다.

그리고 명중을 못 시키는 바람에 내 활잡이로서의 자존심이 다소 상처 입었다.

"어떻게든 격추시키겠어."

나는 위력이나 효과범위 등의 관계상 평소에는 쓰지 않는 아츠를 준비했다.

"타쿠, 명중시킬 거니까 커버 부탁해."

"음, 어떻게든 하지."

재미있어졌는지 호전적인 미소를 띤 타쿠는 두 자루 장검을 들고 요격 준비를 시작했다.

"〈인챈트〉──어택, 스피드. 〈엘리먼트 인챈트〉──웨폰."

나는 스스로에게 공격과 속도의 이중 인챈트를 걸고 무기에는 바람 속성을 인챈트했다.

그리고 상공의 검은 벌 무리를 겨누어서 아츠를 발동시켰다.

노리는 건 특정 개체가 아니라 무리 전체.

"──〈궁기 ─ 질풍일진〉!"

센스가 규정 레벨에 도달하면서 취득 가능한 아츠는 녹색의 꼬리를 끌며 벌 무리 가운데를 꿰뚫었다.

화살은 벌에게 맞는 게 아니라 뒤로 뚫고 지나갔지만, 한 박자 늦게 녹색의 풍압이 퍼져서 검은 벌의 무리에게 공기의 벽이 부딪쳤다.

화살이 통과하면서 대미지 있는 풍압을 맞은 벌들은 단숨에 그 숫자가 줄었다.

벌 하나하나에게 큰 대미지가 들어가는 게 아니라 무리 전체를 유지하기 위한 HP가 크게 깎였다.

그래도 뚫고 지나간 화살의 궤도와 거리가 있던 벌은 대미지를 받으면서도 건재해서, 이쪽을 적이라고 인식하고 몰려들었다.

"윤! 그 아츠는?!"

"설명은 나중에, 남은 놈들이 온다!"

적이라고 인식하고 겹눈을 시뻘겋게 물들인 벙커비들이 일제히 몰려들었다.

아츠의 대기시간이 끝날 때까지 다음 아츠를 쓸 수 없지만, 상공에서 자유롭게 8자를 그리는 것보다는 똑바로 날아드는 몹이 조준하기 쉽다.

계속 화살을 날려서 격추하는 동안에 또 아츠를 쓸 수 있게 되고 다시금 아츠를 발동시켰다.

"──〈궁기 ─ 질풍일진〉!"

다시금 같은 아츠를 날려서 모여든 벌들의 대부분을 풍압으로 격추시켰다.

이걸로 벌 집단의 대부분을 해치웠지만, 이쪽으로 밀려온 벌들은 너무 가까워서 똑같은 아츠를 쓸 수 없었다.

나는 활에서 식칼로 무기를 바꾸고 공격해 오는 벌들을 베었다.

활로 못 없앤 벌을 내가 한 마리씩 공격하는 동안에 타쿠

는 몇 마리씩 한꺼번에 해치워서 곧바로 남은 벙커비 집단을 없앴다.

벙커비 무리의 HP가 0이 된 순간, 여태까지 싸웠던 벌들이 일제히 하늘로 도망치기 시작했다.

무리 중 일정 비율이 소모되면 후퇴하다니 완전히 군대로군. 그렇게 생각하면서 지켜보았다.

그리고 단 한 번의 전투로도 벙커비 무리에게 복수의 드랍 판정이 있어서 드랍템이 인벤토리 안에 잔뜩 들어온 것을 확인하고 타쿠와 함께 하이터치를 하며 일이 잘 풀린 것을 기뻐하였다.

"뭐야! 면 공격의 아츠가 있었잖아!"

"뭐, 별로 쓸 기회도 없었고, 애초에 위력이 낮으니까."

다소 멋쩍어하며 내 뺨을 검지로 가볍게 긁적였다. 보통 화살보다도 대미지가 낮은 풍압을 만들어내는 아츠로, 게다가 화살과 거리가 멀어질수록 위력이 떨어지는 기술이었다.

그러니까 화살과 거리가 있는 벙커비는 살아남았다. 이게 마법이라면 공격범위 안에 거의 균일한 대미지를 줄 수 있겠다는 생각이 들었다.

"뭐, 기죽을 거 없어. 충분히 공격수단이 될 테니까. 자, 계속 가자! 다음!"

"그래, 알았어! 팍팍 쓰러뜨리자!"

라플레시안과 매드시드에 이어서 벙커비의 무리를 노려서 계속 사냥하였다. 퀸이라고 불리는 개체의 강화소재를 바라면서 싸웠지만, 쉽사리 출현하는 것도 아니라서 무리 몇 개를 해치우며 드랍템을 모았다.

"계속 하다 보니 벙커비 사냥에 익숙해졌는데도 놓치는 놈이 나오네. 게다가 연속으로 싸우기 힘들어."

"그건 어쩔 수 없는 거 아냐?"

"아니, 하지만 말이지. 으음."

"마음에 걸리는 거라도 있어? 아니면 지친 거야?"

내가 신음소리를 내는 모습에 타쿠가 돌아보았다.

아니, 대단한 건 아닌데……

"피곤하기야 한데, 저기…… 약초나 광석을 채취할 짬이 없구나 싶어서."

"너…… 사냥이나 레벨업할 때는 그거 생각하지 마."

"아니, 하지만! 모처럼 왔는데 아깝잖아!"

내가 역설하자, 한심한 녀석을 보는 눈으로 날 쳐다보았다.

"애초에 그것들을 채취하려면 넓은 범위를 이동해야 하고, 채취한다고 해도 한 곳에서 시간을 잡아먹잖아. 게다가 느긋하게 아이템을 회수하다간 전투가 뒷전이 된다고."

"하, 하지만 산기슭은 벙커비 정도밖에 안 나오잖아."

"그 벙커비를 전부 내가 상대해도 좋은데 윤한테도 확실히 몇 마리씩 흘러가겠고, 내가 채취하다간 윤 혼자서 죄다 해치우게 될 걸."

끄으으. 뭔가 안전하게 채취할 방법은 없을까? 그런 생각에 한 아이템을 떠올렸다.

"그럼 벙커비가 가까이 오지 않으면 문제없겠네."

"그렇게 딱 맞는 아이템이⋯⋯. 아, 그러고 보면 있었군."

곤충형 몹 한정이지만, 접근하지 못하게 하는 아이템 ——[제충향]을 꺼냈다.

막대기 모양으로 채워 넣은 향을 쓰면 벙커비는 다가올 수 없어진다. 즉 벙커비밖에 없는 산기슭에서는 안전해진다.

"과연. 그걸 쓰면 세이프티 에어리어를 인공적으로 만들어낼 수 있나."

장소에 따라서는 휴식 장소 확보에도 쓸 수 있다. 한 차례 재고가 바닥났지만, 도주용으로도 쓸 수 있겠다 싶어서 다시금 만들어 인벤토리에 넣어두었다.

"알았어. 안전을 확보하기 위해 써도 돼."

얼른 [제충향]에 불을 붙였다.

"이걸로 벙커비가 다가올 수 없어지면 윤이 원거리에서 일방적으로 섬멸할 수 있을 텐데. 그렇게 될 리는 없다."

올려다본 곳에서는 [제충향]의 연기에 포함된, 곤충들이 싫어하는 성분이 공기 중에 퍼지면서 상공의 벙커비들이 연기에게서 도망치듯이 산의 절벽 그늘로 숨는 것처럼 이동했다.

저렇게 숨으면 활로 조준할 수 없어지니까 타쿠의 말처럼 일방적인 섬멸은 불가능하겠지.

"그럼 나는 절벽 쪽에서 채굴하고 있을 테니까 타쿠는 쉬어도 돼."

"그래, 그렇게 할게. 그렇긴 해도 한정적으로 쓸 수 있는 아이템인가."

타쿠는 턱에 손을 대고 지면에서 계속 연기를 뿜어내는 [제충향]을 바라보았다.

"그 [제충향]이란 아이템을 좀 나눠줄 수 있어? 있으면 편리할 것 같은데."

"괜찮긴 한데 돈은 주라."

"물론이지. 이 자리에서 줘도 좋아."

그렇게 말하는 타쿠에게 [제충향]을 다섯 개 묶은 다발을 인벤토리에서 꺼내어 던져주고 대금을 받았다.

"고마워."

"별말을. 그럼 이 절벽의 채굴 포인트를 팔까."

인벤토리에서 채굴용 곡괭이를 꺼내고 절벽에 나타난 채굴 포인트를 찾아서 파헤쳤다.

"윤! 내가 감시하고 있으니까 내 몫도 줘야 한다."

"그럼 5대5면 어때?"

"그건 너무 균등하게 나눈 거야. 나는 아무것도 안 했잖아──?! 윤, 피해!"

딱히 반반이라도 상관없다고 중얼거리면서 내가 곡괭이를 짊어졌을 때 타쿠가 허둥거렸다.

뭐야? 싶어서 타쿠를 돌아보기 전에 벌들이 사라졌던 머리 위에서 기이한 소리가 들렸다.

"──우아아아아아아아!"

굵은 남자 목소리. 경고인지 비명인지 판단하기 어려운 소리는 멀리서 점점 가까워지더니 절벽에서 굴러 떨어졌다.

갑작스러운 일에 나는 머리가 안 돌아가서 움직임이 멈춰버렸다.

'제길, 이럴 때에 움직일 수 없다니! 왜 매드시드 때는 반응했으면서 지금은 못 하는데!'

속으로 투덜거리면서 움직이지 않는 다리를 원망스럽게 바라보는 가운데──.

"윤! 이쪽으로 피해!"

타쿠는 움직일 수 없는 내 팔을 끌고 그 자리에서 물러났다. 잡아끌리는 바람에 손에 든 곡괭이를 떨어뜨린 나는 완전히 타쿠의 품 안에 들어갔다.

"우아아아아──."

절벽 위에서 떨어진 사람에게 눈길을 주었다.

방금 전까지의 격렬한 전투의 흔적. 그리고 낙하의 대미지로 HP는 눈앞에서 바닥났다.

HP가 0이 된 플레이어를 뚫어지게 바라보는 건 처음일지도 모르겠다. 드러누워 쓰러진 몸은 꿈쩍도 하지 않았다.

떨어진 플레이어는 튼튼해 보이는 두꺼운 옷에 가죽 방어구를 입고, 머리에도 튼튼해 보이는 금속 헬멧, 부츠는 튼튼한 트레킹 슈즈. 그리고 허리나 등에는 백이나 벨트, 로프 등을 장비한 근육질의 남자였다.

아니, 냉정하게 관찰할 상황이 아니라──.

"이럴 때는, 어어——소생약을 써야지!"

다급히 소생약을 꺼내자마자 남자의 눈이 번쩍 떠지더니 우리를 바라보았다.

"히익?! 일어났다!"

죽은 사람이 멋대로 살아났다! 라고 생각했지만, 소생약을 소지하고 있으면 HP 0인 상태라도 자력으로 부활할 수 있다는 걸 떠올렸다.

눈을 뜨더니 벌떡 상체를 일으킨 근육질의 남자는 자기 인벤토리에서 꺼낸 포션을 물마시듯이 마셔서 줄어든 HP를 회복시켰다.

"미안. 놀라게 했군. 으음, 죽는 줄 알았다. 현실이었으면 확실하게 죽었겠지."

그러며 호탕하게 웃는 근육질 남자 플레이어.

"뭐야? 젊은 남녀의 데이트라도 방해한 건가?"

"어……?!"

눈앞의 남자의 지적에 내 상태를 떠올렸다. 타쿠에게 안긴 상태로 굳어 있는 모습을 보인 것이다.

다급히 타쿠에게서 거리를 벌려 냉정해지자고 중얼거리며 심호흡을 거듭했다.

'이건 불가항력. 이건 불가항력. 후우하아, 후우하아.'

"윤? 괜찮아?"

"어, 어어! 나는 괜찮아!"

타쿠의 말에 허둥거리는 목소리로 대답했지만, 간신히 진정하여 다시금 절벽에서 떨어진 플레이어를 바라보았다.

"미안하군. 이런 아저씨가 젊은 두 사람의 데이트를 방해하다니."

"아니, 나는 여자가 아니라 남자니까."

"뭐야? 데이트라니까 창피해서 그러나?"

"왜 그렇게 되는데!"

호쾌하게 와하하하 소리 내어 웃는 눈앞의 근육질 플레이어를 보며 나는 두통을 참듯이 관자놀이에 검지를 댔다.

왜 이렇게 되었지.

●

호쾌하게 웃던 근육질 남자 플레이어의 이름은 이반. 그만한 높이의 절벽에서 굴러 떨어져서 뻗었다고는 생각되지 않을 만큼 파워풀. 웃을 때마다 옷 안의 근육이 불거져서 가죽 방어구가 빠직빠직 비명을 지르는 듯한 착각이 일었다.

"이반 아저씨는 왜 그런 곳에 있었어?"

"취미로 등산을 하다가 조금 실수를 했지."

이반과의 이야기는 타쿠에게 맡겼다. 그동안 나는 곡괭이를 휘둘러서 산의 채굴 포인트를 파며 소재를 회수했다.

단단한 지층을 때리는 새된 소리가 규칙적으로 울리는 가운데 타쿠와 이반의 이야기에 슬쩍 귀를 기울였다.

"나는 말하자면 특이한 플레이를 하지. 센스 중에 [등산]

을 택해서 이렇게 절벽이나 바위밭을 오르는 짓을 반복하거든."

록 클라이밍이나 볼더링, 산행 등등, 현대 일본에서는 몇 시간이나 되는 밑준비나 이동이 필요한 등산도 OSO에서는 이미 있는 자연 필드에서 자기 취미나 기분에 맞춰서 간단히 실행할 수 있다.

"흐음, 그런 걸 하고 있었나."

"그래, 산은 좋지! 남자의 로망이다!"

산의 장점을 그 산 같은 덩치와 근육질 팔을 펼치며 말하는 이반. 타쿠도 책상다리를 하고 이반과 마주 보며 이야기를 나누었다.

"뭐, 신기할 것 없어. 아는 플레이어 중에도 낚시를 좋아하는 녀석이 있는데, 평일에는 낚시를 못 하니까 OSO에서 [낚시] 센스를 따서 하는 사람도 있고."

"나도 비슷한 느낌이지. 아는 사람한테 이 게임 이야기를 들어서 말이지, 게임에는 전혀 흥미 없었는데 취미를 위해 시작했지. 으음, 말귀를 잘 알아듣는 녀석이군."

기쁜 듯이 말하는 이반.

"그래서 결국 왜 절벽 위에서 떨어졌는데?"

나는 일단 곡괭이를 휘두르던 손을 멈추고 이반의 대답에 귀를 기울였다.

팔짱을 끼고 신음소리를 내던 이반은 눈썹을 늘어뜨리고 입을 일그러뜨렸다.

"한심한 이야기지만 말이지, 벌 때문에 굴러 떨어졌다. 갑자기 벌떼들이 밀려들어서 어떻게 쫓아내려고 했지만 당해 버렸어. 현실에서 한겨울의 설산에서 일어나는 눈보라나 눈사태와 비교하면 별것도 아니지만."

따지고 싶은 점이 많았다.

현실에서 눈보라나 눈사태를 체험했다는 것도 대단하지만, 이반이 벌떼의 습격에 떨어졌다는 사실과 그 직전에 나와 타쿠가 한 행동과의 연관성을 생각하면……

"……윤."

타쿠가 나한테 시선을 보냈다. 나는 곡괭이를 일단 인벤토리에 넣고 타쿠와 나란히 이반의 정면에 앉았다.

솔직히 말하자. 그리고 사과하자.

"……저기, 아마도…… 벌떼가 밀려든 원인은 우리일 거야."

"호오?"

이반이 턱에 손을 대고 재미있다는 듯이 한쪽 눈썹을 실룩거렸다.

나는 직전의 상황을 대충 설명했다. 내가 가진 [조약] 센스. 그걸로 생산한 [제충향]의 효과를 설명하고 그걸 이 자리에서 사용하여 벌을 쫓아낸 것.

"저기…… 죄송합니다!"

깊이 고개를 숙이며 사과하자, 머리 위에서 웃음소리가 들렸다.

"뭐야, 그런 건가. 일부러 그런 것도 아니잖아? 게다가 굴러 떨어진 나를 회복시키려고 포션을 손에 들고 있었지. 아가씨가 신경 쓸 것 없어. 애초에 벌떼에 대응할 수 없었던 내가 문제지."

그렇게 말하며 고개 숙인 내 머리에 울퉁불퉁한 손을 올리고 쓰다듬었다. 왠지 창피해져서 나는 왠지 고개를 들기 어려워졌다. 그리고 옆에서 타쿠가 웃음을 참는 것을…… 곁눈질로 흘겨보았다.

"그렇기는 해도 놀랍군. 우연히 남녀가 있는 곳에 떨어지다니…… 아주 놀랐어."

"이쪽도 덩치가 갑자기 떨어졌으니까 놀랐어. 무심코 윤을 껴안고 물러났을 정도로."

"그러니까 나는 남자라고! 게다가 타쿠 너도 일부러 그러는 거지! 왜 정정하지 않는데!"

내가 두 사람의 대화에 딴죽을 넣었지만, 이반은 팔짱을 끼고 고개를 갸웃거렸다.

"뭐야, 아가씨? 아직도 창피해서 그러나?"

"그러니까 왜 그렇게 되는데! 그럴 리가 없잖아! 타쿠, 그렇게 몰래 웃지 마! 네가 정정하면 될 일이잖아!"

하지만 내 말은 무시당했다.

"나 참. 순간적으로 잡아당겨준 건 고맙지만, 고맙단 말을 할 수가 없잖아."

"윤, 뭐라고 했어?"

"아무것도 아냐!"

나는 강하게 부정했지만, 이반은 히죽거리면서 이쪽을 바라봐서 그런지 화가 치밀었다.

"뭐야, 그런 얼굴을 하고?"

"아니, 청춘이구나 싶어서."

왠지 짜증이 났다. 앞으로는 아저씨라고 부르자.

"뭐, 아가씨가 남자든지 여자든지 나와는 관계없지만."

"이쪽은 큰 문제야!"

항의하였지만 완전히 무시당했다. 반대로 바위 같은 덩치로 하얀 이를 보이면서 웃는 이반의 얼굴에 기가 죽었다.

호의적인 시선과 그 체격 차이의 압박감에 묘하게 불편해졌다.

"나와 같이 산을 타보지 않겠나?!"

"뭐?!"

놀라서 되물은 나를 향해 이반은 두 팔을 벌리며 산의 장점을 말했다.

"산은 좋아! 낮은 지면을 걸어 다니는 게 얼마나 작은 짓인지! 매일 우리가 있는 장소가 작게 보이지."

"그리고 세계의 왜소한 모습에 악역처럼 웃는다든가?"

"타쿠, 장난치지 마."

진지하게 말하는 이반에게 야유를 넣는 타쿠의 옆구리를 향해 방어구 틈새로 가볍게 주먹을 찔렀더니 몸을 굽히며 입을 다물었다.

"산에 오르면 남자네 여자네 하는 인간관계나 일의 고민, 인생의 곤란 따위 죄다 하찮게 생각돼! 그만큼 산은 크지! 그리고 인간의 고민이 얼마나 작은지를 가르쳐주지! 그러니까 함께 산에 올라보지 않겠나!"

""………….""

나와 타쿠는 그 박력 있는 목소리에 중간부터 압도되었다. 징을 치는 듯이 배 속에서 울리는 저음은 대단하다는 직감이 들지만…….

"거기에 근거는——"없어! 산에 가면 자연히 알게 되지!"

——아, 그러십니까."

이반은 정신론 지상주의, 산만 아는 바보였다.

"——그러니까 함께 산에 오르자!"

"이쪽의 승낙은 필요 없다는 건가!"

"뭐든지 챌린지 스피릿. 도전의 마음이다! 거기에 산과 붙잡기 쉬운 암반이 있다면 오르고 싶어지는 게 남자 아닌가?"

"그건 너뿐이야."

나는 오를 생각 없다. 바보 같다고 생각하면서 이 이상 이야기하지 않으려고 이반에게 등을 돌려서 다시금 채굴용 곡괭이를 들고 땅을 팠다.

그런 내 뒷모습을 향해 한마디 말이 날아왔다.

"——남자가 도망치는 건가?"

곡괭이를 든 내 몸이 우뚝 멈췄다. 잠시 뜸을 들이며 이반은 다음 말을 내뱉었다.

"오오! 그렇지. 너는 가녀린 여자였지. 미안, 미안. 착각했구면."

아주 연극조의 말에 나는 눈썹을 찌푸리고 '절대로 도발에 넘어가면 안 돼'라고 마음속으로 중얼거렸지만——.

"위세만큼은 훌륭하지만, 역시 여자인가. 산에 흥미가 없다니 쓸쓸하군."

"그러니까 나는 남자야! 네가 그런 소리 한다면 그 산이란 걸 타주겠어!"

말한 뒤에야 아차 싶었다. 절대로 도발에 넘어가지 않기로 했는데.

"쿠하하하! 낚였구면, 아가씨! 스스로 남자라고 말한다면 두말하지 않겠지!"

"큭, 나는 남자야! 두말 안 해!"

하지만 물러날 수 없어진 나는 그대로 이반과 함께 산을 타기로 결정하였다.

그리고 조심조심 타쿠 쪽으로 시선을 돌렸다.

"윤. 너 바보냐?"

"윽, 미, 미안. 그만……."

타쿠는 한숨을 내뱉고 가엾은 녀석을 보는 눈으로 날 바라보았다. 그만둬, 그런 눈으로 이쪽을 보지 마.

"이반 아저씨, 한마디 해도 괜찮을까?"

"음, 뭐지? 너도 같이 참가할 건가?"

"내가 참가하는 건 상관없어. 새로운 센스를 취득할 수 있고, 취미 센스라고 해도 내가 고생하면서 레벨업하는 것보다는 선구자에게 배우는 편이 낫지. 하지만 말이지."

거기서 일단 말을 끊는 타쿠.

"그 [등산] 센스를 따면 우리한테 무슨 메리트가 있지?"

눈을 가늘게 뜨며 진지하게 묻는 타쿠. 이 얼굴은 골수 게이머의 얼굴이었다. 취득할 값어치가 있을 만큼 효율적이고 유효한 아이템이나 스킬인지를 재는 모습이었다.

그런 타쿠를 향해 이반은 턱에 손을 대고 신음하듯이 말했다.

"음. 나는 취미로 하는 거니까. 내 욕구가 채워진다면 그게 최고의 이점이라고 할 수 있지만, 다른 사람의 메리트라면——."

이반은 한동안 고민하고 말했다.

"떠오르질 않는군. 때때로 절벽 위에 광석 같은 걸 줍는다든가, 이 위에 동굴 입구가 있는 걸 발견한 정도로군. 딱 저 근처지."

"좋아, 하겠어! 전력으로 해주겠어!"

"뭐?! 타쿠는 그러면 되는 거야?!"

"오히려 메리트로써 충분해!"

그렇게 말하기에 나도 높게 솟은 절벽을 [하늘의 눈]과 [간파] 센스를 조합하여 올려다보았다.

"왜 알아차리지 못했을까. 위쪽에 채굴 포인트가 많잖아."

방금 전까지 팠던 산의 채굴 포인트와는 비교도 되지 않을 정도로 절벽 위에 채굴할 수 있는 장소가 많았다.

그리고 절벽 위가 튀어나와 있기 때문에 밑에서는 알기 어렵지만, 이반이 가리키는 곳에는 동굴이 있는 모양이었다.

혹시 이 절벽의 채굴 포인트에서 채굴할 수 있으면 광석 계열 생산 소재가 얼마나 갖추어질까.

"어이, 윤. [등산] 센스의 취득에 전력으로 매달리지 않을래?"

"나도 마음이 변했어. 하지만 타쿠한테는 무슨 이득이 있는데?"

"미지의 동굴이잖아! 그 안은 던전일지도 모르지. 또 이 절벽 너머의 에어리어로 통할지도 모르잖아!"

그렇게 말하며 흥분을 숨기지 않는 기색의 타쿠.

"하지만 이미 이반이 조사——"나는 안에 안 들어갔다." ——안 들어갔냐."

보통 발견자가 제일 먼저 확인할 거라고 생각했는데 아니었나 보다.

"동굴 탐색은 등산과 관계없지. 게다가 혹시 이 너머로 통한다면 나는 산을 경유해서 가고 싶다!"

거기에 산이 있으니까 답파한다는 식의 생각이군. 기가 다 막혔다.

"아무튼 꼬맹이와 아가씨도 [등산] 센스를 따기로 결정했군!"

그렇게 말하고 호쾌하게 웃는 이반. 나와 타쿠는 기합을 넣고 메뉴의 센스 취득 일람에서 [등산] 센스를 취득했다.

　SP를 하나 소비해서 손에 넣은 [등산] 센스를 장비한 우리는 얼른 이반에게 가르침을 받았다.

　"그래서 나와 윤은 [등산] 센스를 장비했는데, 구체적으로 뭘 하면 레벨이 올라서 늘지?"

　타쿠가 물은 것은 센스의 기본적인 성능이었다. 어떤 식으로 쓸 수 있는가, 어떤 행동으로 경험치가 모이고 행동에 보정을 받는가. 그런 정보는 별로 없었다.

　"분명히 그래. 한마디로 등산이라고 해도 험한 산길을 걷는 것도 등산이고, 깎아지른 절벽을 오르는 것도 등산의 범위에 들어가니까."

　타쿠의 의문에 나도 내 생각을 덧붙였다. 거기에 대한 선구자 이반의 대답은━━.

　"험한 산길을 걸어도 경험치는 들어오지만, 그래선 레벨 상승이 늦지. 처음에는 무리를 해서라도 10미터 높이의 절벽을 혼자서 올라갈 수 있는 정도가 되면, 내 경험상 문제없어. 때때로 있는 작은 돌출부에서 휴식하면서 갈 뿐이야."

　저기, 저기에 있는 돌출부에 앉는 거라고 가리키면서 알려주었다.

　"일단은 제일 낮은 곳의 돌출부까지 혼자서 올라갈 수 있게 되는 게 중요하다. 잠깐 기다려봐라!"

　그렇게 말한 이반은 우리를 놔두고 아무런 보조도구도 달지 않고 훌훌 10미터 위의 돌출부까지 올라갔다. 거기에 뭔가를 달고 로프를 늘어뜨리더니 그대로 다시금 돌아왔다.

"이게 안전장치인 구명줄과 구명조끼다. 이걸 장비하고 일정 간격마다 볼트를 박으면서 올라가지. 손이 미끄러지더라도 구명줄이 있으니까 괜찮아. 가보라고, 아가씨!"

일단은 나부터 가보라고 등을 미는 바람에 넘어지듯이 두 걸음 앞으로 나갔다.

높이 솟은 절벽 앞에 서니, 어디에 손이나 다리를 놔야 올라갈 수 있을지 센스의 도움으로 자연스럽게 알 수 있었다.

거기에 섞인 광석의 채굴 포인트 등을 확인하면서 암벽에 손을 댔다.

확실한 감촉에 다음은 어디를 잡으면 위로 올라갈 수 있을지 알 수 있었다. 다만——.

"——무리! 이 이상은 못 가!"

벌써부터 항복 선언을 하였다. 내 손이 닿는 범위에는 다음 돌기가 보이지 않아서, 얼마 남지 않은 지점에서 더 이상 갈 수 없었다. 그리고 조금 내려와서 다른 루트를 찾으려고 했지만, 내려가는 데에도 고생해서 시간이 계속 경과했다.

"괜찮아, 윤?!"

"무리! 왠지 팔이 후들거려!"

"진정하라고, 아가씨. 일단 내려와!"

그 말에 우물거리면서도 신중하게 발판을 확인하면서 내려갔다. 최종적으로 내 키 정도 높이에서 벽을 박차고 내려왔지만, 지면에 닿았을 때 무릎이 부들부들 떨리는 바람에 그대로 지면에 주저앉았다.

"힘들어! 이거 뭐야!"

나는 불평을 하면서 힘이 들어가지 않아서 부들부들 떨리는 손을 흔들며 쉬었다.

"뭐야. 근육이 부족하군. 고기를 더 먹어!"

"이건 게임이야!"

"뭐, 농담은 이쯤 하고, 다음은 꼬맹이가 해볼까. 꼬맹이가 하는 걸 보고 아가씨한테도 설명할 테니까."

"알았어. 그럼 다녀와볼게."

그렇게 말하고 오르기 시작한 타쿠는 처음에 나와 비슷한 기색으로 올라갔지만, 도중에 손발이 멎었다. 내가 멎은 장소와 같았다.

"아가씨는 저게 왜 안 된다고 생각했지?"

"으음. 오른손이 돌기에 닿지 않으니까, 루트 선택?"

"사실은 오른쪽 돌기에 손이 닿으려면 요령이 필요하지. 꼬맹이, 붙잡고 싶은 곳과 정반대쪽으로 고개를 돌리고 손을 뻗어봐라!"

"……? 알았어."

타쿠는 영문을 모르겠다는 표정을 했지만, 아무튼 시험해본 결과 극적인 효과가 있었다.

"어? 닿았어. 뭐지?"

그렇게 말하며 또 더 못 나아갈 곳까지 경쾌하게 올라갔다. 팔이 후들거리는 기색도 없었다. 스테이터스에서도 센

55

스 활용에서도 나는 타쿠에게 졌다.

"하지만 왜 안 닿았던 게 닿았지?"

나도 타쿠도 같은 장소에서 멈췄는데 이반의 어드바이스한 번에 타쿠는 쉽사리 더 전진했다.

"간단해. 그냥 평범하게 손을 뻗어도 안 닿지만, 고개를 반대로 돌리면 자연스럽게 몸이 젖혀지지. 그만큼 멀리까지 손을 뻗을 수 있는 거야."

실제로 나도 고개를 좌우로 돌려보니 고개의 움직임에 따라서 어깨가 반대쪽 앞으로 나갔다. 그만큼 멀리까지 손을 뻗을 수 있었다.

타쿠는 이반의 단 한 번의 충고만으로 10미터 위의 돌출부까지 올라가더니 혼자서 훌훌 오르내리기를 반복하면서 레벨업에 힘썼다.

반대로 나는 근력이 부족한 건지 부들부들 떨리는 팔과 싸우면서 조금씩 더 올라갔다가 내려와서 쉬는 것을 반복했다.

"어때? 요령을 알겠나?"

"으음. 팔이 꽤 힘들어. 하지만 방법은 알았으니까 다음에는 될 것 같아."

"그럼 가봐라."

"힘내봐, 윤."

그 말에 재도전하는 나.

천천히 올라가는 나를 묵묵히 지켜보는 이반.

타쿠도 위에서 응원해주었다. 팔의 한계가 가까워지는 가운데 여태까지의 최고기록이었던 8미터 부근을 넘어서 10미터 지점의 돌출부에 손이 닿는 거리에 도달했다.

"윤, 조금만 더 오면 돼."

"아가씨, 조금만 더!"

"우우―― 해냈다!"

나는 라스트스퍼트를 하듯이 돌출부로 손을 뻗어서 올라갔다.

미묘하게 안 닿는 거리의 기복도 배운 대로 고개를 손 뻗는 방향과 반대쪽으로 돌리고 몸을 쭉 뻗어서 붙잡아, 마지막 힘을 쥐어짜내서 올라갔다.

"……헉헉, 힘드네."

구르듯이 절벽 도중의 작은 휴식 공간에 쓰러져서 산의 암벽을 등지고 하늘을 올려다보았다.

"두 사람 다 첫날치고 빨리 배우는군. 가르치는 보람이 있어."

눈을 돌려보니 밑에서 지켜보던 이반은 우리가 올라온 거리를 구명줄 없이 올라와서 따라잡았다. 역시나 선구자는 [등산] 센스 능력도 높았다.

"……타쿠는 보면 알겠지만, 나 같은 건 재능 없잖아."

"꼬맹이 쪽이 이상한 거지. 아가씨는 평균보다 괜찮은 정도야."

"그거 고마운 말씀……."

칭찬이겠지만, 10미터 거리를 올라가는 것만으로도 기진

맥진이다.

한동안 쉬어서 여유를 되찾았을 때 다시금 숨을 내뱉었다.

"좋아, 그럼 다음은 여태까지 했던 것을 반복하여 연습하고 20미터 위를 노릴까!"

"아니, 무리라니까! 그보다 로그아웃해야 하는 시간이야."

OSO 안은 아직 해가 높지만, 메뉴로 시간을 확인해보면 이미 오후 6시가 다 되었다. 슬슬 저녁식사를 준비하기 시작하지 않으면 7시의 저녁식사에 댈 수 없다.

"그러고 보면 그런 시간이군. 나는 이반한테 조금 더 충고를 듣고서 로그아웃할게."

"모처럼 등산 동료가 늘었나 싶었는데 서글프군. 어쩔 수 없지, 남자끼리 이야기라도 나눠볼까, 꼬맹이!"

일방적으로 타쿠와 팔짱을 끼는 이반. 솔직히 보기 무더워서 한 발 물러나는 나.

"그럼 나는 로그아웃할게."

"나는 한동안 여기를 오르고 있을 테니, 레벨을 올리고 싶어지거든 또 와라."

"그래, 여기 광석을 캐려고 해도 [등산] 센스 기술도 레벨도 부족하니까."

나도 북쪽 에어리어에 분포한 채굴 포인트의 채굴을 목적으로 한동안 다닐 생각이었다.

그리고 나는 로그아웃하여 OSO세계에서 현실세계로 되돌아왔다.

2장 　벙커비와 산악 채굴

이반에게서 [등산] 센스의 지도를 받고 며칠이 지났다. 매일 저녁 이후로 잠깐 짬을 내어 절벽 앞으로 가서 타쿠와 함께 조금씩 등반 거리를 늘려갔다.

그 결과 휴식 없이 20미터 정도 높이를 혼자서 올라갈 수 있게 되었고, 오르내리는 것뿐이라면 완벽하다고 할 정도가 되었다.

[등산] 센스도 레벨 7로 순조롭게 성장하는 가운데, 한 가지 문제에 직면하였다.

"으음. 역시 이 곡괭이는 저 절벽에선 못 쓰겠는데."

내가 꺼낸 것은 튼튼한 철제 곡괭이였다. EX스킬 [채굴]로 광석을 캐내는 데에 요긴하게 사용하였다.

하지만 철제인 탓에 두 손으로 쓰지 않으면 휘두를 수 없을 정도로 무겁기 때문에 발판이 불안정한 언덕이나 절벽에서는 제대로 쓸 수 없고, 이대로 가다간 절벽에 있는 채굴 포인트에서 광석을 입수할 수 없을 듯했다.

"어쩔 수 없지. 한 손으로 쓸 수 있는 곡괭이를 찾으러 갈까."

그리고 소형 곡괭이라면 광산마을인 제3마을에서 살 수 있지 않을까 싶었는데, 의외의 곳에서 구입할 수 있었다.

"음? 작은 곡괭이가 필요해? 농업에서 단단한 땅을 일구는 데에 쓰는 건 있지."

제1마을 남부에 펼쳐진 농지를 매매하는 NPC 농부에게서 무사히 구입할 수 있었다.

처음에 제3마을의 NPC에게 소형 곡괭이를 파는 장소를 물었더니 NPC 농부를 가르쳐주길래 포털로 되돌아와서 구입했다.

"그럼 작은 곡괭이를 예비용까지 해서 세 개 살게."

"자, 무거우니까 조심해라."

토지나 농기구, NPC의 고용 알선을 맡은 NPC 농부에게서 하나당 5천 G인 작은 곡괭이를 세 개 구입하여 인벤토리 안에 갈무리한 뒤에 북문으로 향했다.

"곡괭이를 사는 데에 시간을 썼네. 타쿠는 먼저 간 모양이고."

조금 늦어진다고 내가 연락할 때쯤에 타쿠에게서 먼저 가겠다는 메시지를 받았다. 그렇기 때문에 제1마을의 북쪽 에어리어에 출현하는 라플레시안과 매드시드들을 피하면서 똑바로 절벽 앞까지 달려갔다.

그리고 거기서 본 것은——.

"타쿠와 이반 아저씨는 뭐 하는 거야?"

두 사람은 굵은 나뭇가지에 로프를 걸고 조끼와 구명줄 하나를 걸친 상태로 로프에 매달려 있었다.

추욱 팔다리를 펼친 두 사람은 그 상태로 균형을 잘 잡으면서 상체를 일으키고 또 몸에서 힘을 뺐다.

타쿠는 상체를 일으키는 것에는 익숙하지 않은지, 좌우로 흔들리다가 간신히 회전을 멈추고 상체를 일으키려고 했다. 한편 이반은 익숙한 탓인지 손쉽게 상체를 일으키고 허리춤의 벨트에서 철제 신축 지팡이를 꺼내더니 절반 정도 늘려서 휘둘러댔다.

"여어, 아가씨. 왔나."

"어, 왔는데…… 그건 뭐야? 무슨 훈련?"

그렇게 물었는데 판타지 등산을 위한 훈련이라는 듯했다.

불안정한 발판에서 구명줄에 몸을 맡기고 싸우는 밸런스 훈련 방법이라고 했다.

"윤, 이거 어려운데 꽤 재미있어."

"아니, 좀 보기 창피한데."

이반이 최적화한 [등산] 센스의 레벨업 방법이나 훈련법은 그 효과에 아무런 의문도 없지만, 아무래도 로프에 매달린 모습을 남한테 보이는 건 사양하고 싶다.

그런 나와는 달리 복근에 힘을 넣어서 상체를 일으키더니 온몸의 힘을 빼고 등을 젖힌 포즈에서 머리 위치를 의도적으로 상하로 움직이며 균형을 잡는 두 사람. 다만 장난으로 그러는 건지 흐아압 하는 신음소리를 내면서 흰자위를 까뒤집는 건 그만뒀으면 싶다. 무서우니까.

"아가씨는 부끄러움도 많군. 어쩔 수 없지. 꼬맹이와 함께 올라가서 가볍게 전투 훈련이라도 하고 올 테니까 아가씨 혼자서 밸런스 훈련을 해봐."

"그럼 윤이랑 교대군. 잠깐 이반 아저씨랑 다녀올게."

두 사람은 그렇게 말하고 재빨리 로프를 풀고 내려왔다.

로브 묶는 법도 훈련 중 하나로써 배웠기에 서바이벌 기능만큼은 상승했을 터였다.

그리고 나는 이반과 타쿠를 보낸 뒤 두 사람이 보이지 않게 되었을 때 밸런스 훈련을 시작했다.

"……두 사람이 돌아오기 전에 그만두면 안 보이겠지."

창피하지만 구명줄에 몸을 맡기는 거니까 그 취급에 익숙해질 필요가 있다. [등산] 센스 레벨업을 위해서라고 스스로에게 말하면서 등반 보조 아이템인 조끼를 장비하고 로프와 매듭을 천천히 조종하여 몸을 매달았다.

지면에서 다리가 완전히 떨어졌을 때 느슨해졌던 로프를 놓고 균형을 잡았다. 여러 근육에 힘이 들어가자 몸이 부들부들 떨리기 시작했지만, 5분 정도는 상체를 계속 일으킬 수 있었다.

"간, 신히, 됐다! 우왓!"

마음을 놓은 순간 여태까지 몸을 지탱하던 힘이 일변하여 몸을 움직이는 힘으로 변하고, 눈앞의 풍경이 거꾸로 뒤집혔다. 한동안 제어할 수 없어서 몸이 휘둘렸기에 근육에 힘을 주기를 포기하고 온몸에서 힘을 뺀 채로 움직임이 멎기를 기다렸다.

"우우, 빙글빙글 돌아서 어지러워. 힘을 빼고 있으면 안정되려나."

고개를 위로 향하자 천천히 머리가 내려가고, 턱을 당기면 자연히 복근에 힘이 들어가서 상체가 올라갔다.

조끼 허리 부분을 기점으로 버티면서 그대로 한동안 힘을 뺀 자세로 하늘을 올려다보았다.

"아, 하늘이 파랗네."

흩어져서 사라지는 구름과 푸른 하늘. 시야 구석에는 절벽에 솟았고 하늘에는 하늘을 나는 뱀과 벌떼들이 있었다.

이렇게 힘을 빼고 푸른 하늘을 올려다보는 게 즐거워졌다.

"OSO의 절경을 찾는 여행도 재미있겠어. 나만의 괜찮은 풍경 찾기."

"그렇군. 그럼 전인미답의 에어리어라도 갈까?"

"어차피 파티를 짜고 보스와의 배틀 같은 소리를 하겠지. 그런 살벌한 싸움 뒤의 위안거리는 싫어."

"그거 아쉽군."

머리 뒤쪽에서 목소리가 들려오는 것을 그제야 깨달았다.

어라? 내가 왜 평범하게 대화하고 있지? 그런 마음에 목소리 쪽으로 고개를 돌리니 팔짱을 끼고 이쪽을 바라보며 웃는 타쿠와 이반.

"어, 언제부터 있었어!"

"알아차리는 게 늦어. 몇 분 전이야. 네가 혼자서 멍하니 있는 걸 봤지."

우와, 밸런스 훈련을 빼먹고 쉬고 있는 것처럼 보였겠지.

뭐라고 변명하려고 손을 움직였더니 그만큼 몸의 중심이

크게 흐트러져서 회전을 시작했다.

"히익, 우와! 머, 멈춰!"

"나 참, 뭐 하는 거야, 윤."

"아가씨, 밸런스 훈련으로 일정한 자세를 지킬 수 있게 되었으니까 괜찮아진 것처럼 보였는데, 평상심이 부족하군."

이반도 허둥대는 나를 향해 냉정하게 평가를 내렸지만, 거기에 신경 쓸 여유는 없었다.

"멈~춰~줘~."

그렇게 소리치는 내 머리를 타쿠가 두 손으로 붙잡았다. 거꾸로 보는 타쿠에게 감사하긴 하는데, 왜 머리?

"내려줄까?"

"아니, 혼자서 내려올 수 있으니까 괜찮아. 그러니까 머리 놔. 붙잡지 마."

타쿠는 조용히 머리에서 손을 떼고 내가 정지 자세를 지킬 수 있는지 확인했다. 그리고 나는 천천히 상체를 들어서 로프를 붙잡고 매듭을 느슨하게 하여 지면에 발을 디뎠다.

땅에 발이 딛는 게 너무나도 마음이 놓여서 그만 안도의 한숨이 나왔다.

"아가씨도 금방 배우는군."

"그, 그래서 그쪽은 어때?"

한심한 꼴을 보여서 창피했지만, 아무 일도 없었던 것처럼 두 사람에게 물었다.

"위에서 조금 에어로 스네이크를 쓰러뜨리고 왔어. 이반은 대단해! 도구도 없이 올라가더라!"

"로프가 있으면 방해되니까. 게다가 구명줄이 있어도 무기에 익숙하지 않으면 맨손이나 타격무기에 익숙해지는 게 사고가 적지."

"왠지 납득이 되네."

게임에 익숙하지 않을 듯한 이반 아저씨라면 검을 휘두르기보다도 그 굵은 팔로 랠리어트를 먹이든가 곤봉이라도 휘두르는 쪽이 더 임팩트가 크겠지. 그리고 간단히 뼈를 부술 것 같다.

"하지만 올라가보고 안 건데 발밑이 불안정한 상태로는 공격에 위력이 실리지 않아서 어려워."

"나한테는 무리겠어. 두 손을 쓰는 활이 무기고. 쓸 수 있는 거라면 단검 대신 쓰는 식칼일까."

로프에 몸을 맡긴 상태로 활을 제대로 쏠 수 있을지도 알 수 없고, 반동을 제대로 제어할 것 같지 않았다.

"타쿠, 지켜주라."

"윤, 그건 너무 남에게 의지하는 거 아냐?"

"적재적소라고 해. 나는 포션으로 회복 겸 광석 채취 요원인 걸로 부탁해."

"와하하하, 애송이는 아가씨의 부탁이니까 잘 지켜줘라!"

이반은 굵은 팔로 타쿠의 등을 탁탁 때렸고, 타쿠가 충격과 아픔에 항의하였다. 다소 이반의 말의 뉘앙스가 마음에 걸렸지만, 두 사람의 모습에 나는 가볍게 웃었다.

"아가씨도 조금 올라가서 근처의 광석을 캐보는 게 좋아. 나도 눈에 보이는 범위에서 줍고 오지."

"윤이 절벽이라면 나는 숲 쪽에서 적당히 몹 사냥이나 하고 아이템을 채취해 오지."

그렇게 말하고 두 사람은 나뉘어서 행동을 개시했다. 정말 자유인들이군. 쓴웃음을 지으면서 지켜본 뒤 나도 한 발 늦게 절벽을 오를 준비를 시작했다.

이반에게 배운 대로 몸에 고정기구를 달고 로프와 말뚝을 사용하여 조금씩 안전을 확보하고 올라갔다.

한동안 올라갔다가 절벽 중간 즈음에 있는 채굴 포인트 앞까지 오면 소형 곡괭이를 꺼내어 채굴 포인트에 꽂았다.

평소처럼 온몸으로 파헤치는 채굴은 아니기 때문에 조금씩 바위를 무너뜨리듯이 신중하게 작업하다가 툭, 하고 굴러 떨어지려는 광석을 하나 받아내고 또 파기 시작했다.

절벽의 채굴 포인트는 통산 광산보다 채굴 포인트 하나당 나오는 숫자는 적지만, 채굴 포인트 자체의 숫자가 많았다.

상공의 적 몬스터가 공격해 오지 않을 아슬아슬한 라인을 왕복하는 것만으로도 상당한 숫자의 광석을 모을 수 있었다.

"후우, 꽤 모았네. 하지만 실수로 떨어뜨렸다간 밑에 있는 사람이 다치겠다."

채굴할 때는 떨어뜨리지 않도록 주의해야겠다고 마음에 새기고 있는데, 이반이 돌아왔다.

"아가씨, 꽤나 그럴듯해졌군. 이러면 꼬맹이와 함께 위쪽의 동굴까지 버틸 수 있을지도."

"그러니까 아가씨라고 부르는 것 좀 그만둬. 그리고 아저씨가 주운 광석을 볼 테니까 꺼내봐."

액세서리나 자잘한 물건을 만드는 [세공] 센스를 가진 나는 센스 효과로 광석을 감정할 수 있다.

이반에게서 받은 광석을 구분하였는데, 지면에 떨어진 광석이기 때문에 질이나 숫자가 그리 대단하지 않았다.

"질 좋은 철광석이 5개에 보통 철광석이 20개, 은광석이 13개. 나머지는 그냥 돌인데 어쩔 거야?"

"투척에 쓸 수 있으니까 남겨두지."

"알았어."

감정한 뒤에 나는 내가 캔 광석을 감정했다.

아무래도 북쪽 에어리어에는 보석 쪽 아이템이 안 나오는 모양이었다. 이러면 매직 젬의 소재를 확보할 수 없다고 생각하면서 계속 감정하였다.

"철이나 은은 화살을 만들 때에 필요하니까 고맙네. 그리고 액세서리를 만들 때에도."

"호오, 아가씨는 어떤 액세서리를 팔지?"

"나는 팔지 않아. 완전한 취미야."

매직 젬이나 인챈트 스톤을 위한 연마가 메인이니까 재미로 만드는 정도의 액세서리라고 대답하면서 많이 캔 광석들을 계속 감정했다.

내가 캔 것은 질 좋은 철광석이 12개. 보통 철광석이 34 개, 은광석이 21개라서 이반보다도 광석 비율이 높았다.

철이 120개. 은이 97개. 블루라이트 광석이 55개. 흑철이 35개. 어, 흑철이 또 하나 나와서 36개. 그리고 채굴 한정인 광석도 발견할 수 있었다.

"——흑철광석은 튼튼한 걸로 유명하다고 들었지만, 블루라이트 광석은 못 들어본 이름인데."

내 화로로는 현재 철까지밖에 가공할 수 없기 때문에 전혀 다루지 않은 광석이었다.

어떻게 쓸지 고민했지만, 다음에 마기 씨에게 의논해보자고 결론을 내리고 인벤토리에 광석들을 갈무리하였다.

●

"윤, 돌아왔는데 그쪽은 어때?"

"타쿠 왔구나. 광석은 제법 모았어."

타쿠가 숲속의 몹을 사냥하고 돌아왔다. 어깨에 칼집에 넣은 장검을 짊어진 모습을 보면 몬스터를 신나게 사냥하고 온 듯했다.

"광석이 나왔으면 내가 캔 약초랑 교환 안 할래?"

"좋아. 어디 보여줘."

타쿠가 채취한 약초 일람을 올리자, 내가 채굴한 광석도 마찬가지로 메뉴의 트레이드 화면에 표시하여 서로 원하는 소재를 교환했다.

약초 계열 소재보다 광석 쪽이 가격이 비싸지만, 내가 원하는 소재가 있었으니까 조금 넉넉하게 트레이드해주었다.

"윤, 괜찮아? 이 블루라이트 광석이란 것과 흑철광석을 그런 거와 트레이드해도 돼?"

"됐어. 오히려 이게 필요했어."

그렇게 말하며 아이템 트레이드를 실행해서 타쿠가 찾아온 아이템을 받았다.

한 송이에 여러 개의 둥근 열매를 맺은 식재료 쪽의 과일 아이템으로, 이름은 [한산포도]라고 해서 말 그대로 추운 산의 포도라는 느낌의 아이템이었다.

시판되는 포도와 비교하면 한 송이에 달린 열매는 적었지만, 그 알알은 커다랗고 예쁜 형태였다.

한 알 따서 입에 넣어보니 껍질까지 먹을 수 있는 달콤한 과일이었다.

"음! 달다!"

"좋아하니 다행이군."

"이거 혼란, 분노 내성을 일시적으로 얻을 수 있는 거야. 하지만 식재료 그대로면 효과는 별로인 모양이네."

게다가 아쉽게도 [한산포도]는 씨가 없는 과일이기 때문에 [아트리엘]에 있는 밭에서 재배할 수 없다.

타쿠도 한 알 따서 입에 넣더니 그 농후한 포도의 단맛에 너무 달다며 얼굴을 찌푸렸다. 타쿠의 취향은 아닌 모양이었다.

"이반 아저씨. 우리는 이미 위쪽 동굴에 올라갈 만한 실력이 있는 거지?"

타쿠의 질문에 이반은 고개를 끄덕였다.

"그럼 나랑 윤은 저 절벽 도중에 있는 동굴에 가고 싶은데, 파티를 맺고 안내해줄 수 있어?"

"그렇군. 그럼 시간대는 밤이 좋을지 모르겠군."

"밤? 그건 왜?"

내 인식으로는 밤이면 시야가 안 좋아서 별로 활동에 적합한 시간이 아니다. 그렇기 때문에 광원에 좌우되지 않는 던전에 사람이 집중되기 쉬운데——.

"여기 절벽에 나오는 적은 말이지, 밤이면 활동종이 변해. 낮에는 벙커비가 많고, 밤에는 에어로 스네이크가 많이 출현하지. 그리고 에어로 스네이크 자체의 숫자는 그리 많지 않아."

"즉 단순히 오르는 것뿐이라면 밤 시간대가 적절하단 소린가."

그렇다며 긍정하는 이반.

"게다가 아가씨가 광석을 모으면서 오를 거면 적이 적은 시간대가 좋겠지?"

"부, 분명히 모처럼 발견한 광석을 버리는 건 아까우니까 모으겠지만……."

분명 오르는 도중에 있는 광석을 그냥 놔두면, 나중에 캐면 좋았겠다고 후회할 게 눈에 선했다. 그러기 위해 적이 적고 오랫동안 채굴할 수 있는 시간대가 좋을지도 모르겠다.

"뭐, 본심을 말하자면 밤 등산의 재미를 가르쳐주고 싶다는 것도 있지만."

호쾌하게 와하하하 소리 내어 웃는 이반.

대충 그럴 것 같아서 한숨을 내뱉으면서도 쓴웃음을 지었다.

그 뒤로 타쿠와 이반이 주체가 되어서 등산 계획을 세우고 올라갈 순서나 진형, 다음 집합 시간을 맞춰보았다.

다만 이반 아저씨와 타쿠의 시간을 맞추기가 어려워서 심야 시간에 시작하게 되었다.

"뭐, 꼬맹이나 아가씨가 올라갈 뿐이라면 아침까지 걸리진 않겠지만."

"반대로 말하자면 단순히 올라가기만 하는 게 아니라면 아침까지 걸린다는……."

아마 내가 광석을 캐다가 아침까지 걸리는 패턴이 예상되었지만, 아침 해를 보는 것도 등산의 재미라면서 웃는 이반. 아주 긍정적인 성격인 듯했다.

"그럼 밤까지 해산하는 거면 될까? 윤은 괜찮아?"

"오늘은 철야인가. 다행히 내일은 휴일이니까 지금부터 저녁 준비를 해두면 괜찮을까? 그리고 잠깐 눈도 붙이고."

그렇게 중얼거리는 나를 보며 괜찮겠다고 말하는 타쿠.

평소에 건강에는 주의하지만, 철야로 게임하는 것도 드문 체험이라서 나는 조금 흥분한 듯했다.

그 뒤로 로그아웃한 나는 내일 아침을 못 만들 것을 예상하고 오늘 저녁과 내일 아침, 내친 김에 점심에도 겸용할 수 있는 메뉴를 준비했다.

"오옷?! 오늘은 카레다! 무슨 고기야?"

"오늘은 비프 카레야. 그리고 내일 아침에는 식빵과 카레, 그리고 요구르트."

토스트를 굽고 카레를 한 끼 분량만큼 레인지에 데우는 정도면 미우도 실패하지 않는다.

"첫날의 카레, 그리고 다음 날에는 하루 동안 숙성된 카레! 와아!"

"그래, 그래. 그리고 오늘은 내가 먼저 목욕해도 돼?"

"어어리리아, 에?"

"스푼을 입에 문 채로 말하지 마."

미우는 물을 마셔서 진정한 뒤에 다시금 물었다.

"어쩐 일이야? 왜?"

"타쿠미와 철야로 게임을 하게 됐어. 그러니까 일찍 목욕하고 눈 좀 붙인 뒤에 시작할까 하고."

"오빠치고 별일이네. 항상 규칙 바른 생활을 하는데…… 그럼 이 카레는."

"미안. 내일 아침은 준비 못 할지도 모르니까 일단 보험."

내가 미안하다는 듯이 대답하자, 미우는 딱히 신경 안 쓴다고 말해주었다.

"그래, 오빠와 타쿠미 오빠가 같이. 나도 오늘은 시즈카 언니와 미카즈치 씨과 파티를 짜고 던전에 갈 예정이야."

"루카토는?"

평소에 미우와 함께 행동하는 루카토 파티에 대해 묻자, 쓴웃음이 돌아왔다.

"다들 예정이 있대. 뭐, 가끔은 이럴 때도 있어. 그리고 학교 시험기간이 겹쳐서 로그인 못 하나 봐. 부모의 눈이 있어서 큰일이야."

"아니, 미우도 공부해. 아무리 우리 학교 시험기간이 끝났다고 해도 말이지."

나는 새된 눈으로 미우를 바라보았지만, '진짜 힘들어지면 도와줘'라는 말이 돌아와서 한숨을 내뱉었다.

아마 타쿠미도 포함하여 돕게 되겠지. 그런 막연한 예감을 느끼고 저녁 식사 시간을 맞았다.

그리고 철야 플레이 준비를 끝마치긴 했지만 결국 눈 붙이는 일은 없었다. 내일 오전 중에 내내 잘 것을 각오하고 OSO에 로그인했다.

"여어, 윤은 시간에 맞춰 도착한 모양이군."

"타쿠와 이반 아저씨는 일찍 왔네."

"남자 고교생의 밤은 길다!"

"독신 남성의 밤도 길다!"

아니, 팔짱을 끼고 잘난 척할 소리도 아니니까. 또 슬퍼지니까 그 말은 그만둬.

시각은 딱 심야에 접어들 무렵, [하늘의 눈]으로 올려다본 하늘에는 낮 시간에 많이 날던 벙커비의 그림자도 보이지 않고 대신 에어로 스네이크의 그림자를 볼 수 있었다.

"정말로 숫자가 줄었어."

"그럼 가볼까. 내가 선두로 가고 다음에 아가씨. 최후미가 타쿠 꼬맹이다. 아가씨를 잘 지켜줘라."

그렇게 말하고 타쿠의 등을 때리더니 우리를 선도하기 위한 루트를 올라가는 이반. [등산] 센스의 레벨이 낮은 우리를 위해서 이반은 비교적 천천히 올라갔다.

이반이 준비한 로프를 구명줄로 삼고 절벽 돌출부를 붙잡으며 올라가다가, 때때로 팔이 피곤하거나 스태미너가 떨어지거든 로프에 몸을 맡기고 팔을 잠시 쉬었다.

[등산] 센스의 보조 덕분에 어두운 밤에도 시야에는 올라갈 장소에 마크가 나타나고 [하늘의 눈]과 [간파] 센스로 채굴 포인트가 다른 색깔로 보였다.

때때로 이반의 지시를 들으면서 전진하고, 또 근처에 드문드문 존재하는 채굴 포인트를 팔 때는 밑에 있는 타쿠에게 광석이 떨어지지 않도록 나를 추월하도록 하여 혼자 채굴하였다.

올라다가 쉬고 또 올라가고 때때로 광속을 채굴하기를

반복하면서 레벨이 오르고, 익숙해지면서 진행 속도가 다소 올라갔다.

그리고 중간지점──.

"이 위로 올라가면 적이 공격해 온다. 그러니까 그 전에 조금 쉰 뒤에 다시 올라가자."

그렇게 말하며 절벽에 생긴 커다란 휴식 공간에 앉아서 손이나 다리를 쉬는 이반.

"그래. 이반 아저씨는 이 위에서 떨어졌나."

"아래는 어두워서 잘 안 보이는데, 여기서라도 상당히 높군."

아래를 내려다보는 나와 위쪽을 올려다보는 타쿠.

나와 타쿠의 말에 이반은 중후한 표정을 지었지만, 달빛 밑에서 휴식 준비를 하였다.

절벽에 있는 커다란 휴식 공간에서 마법 버너를 꺼내고 그 위에 주전자를 걸어 물을 끓였다. 물이 끓을 때까지 금속 컵 세 개에 분말 인스턴트커피를 하나씩 넣었다.

"흐음, 등산에서 진짜로 커피를 마시는구나."

"그야 그렇지. 그렇긴 해도 본격적인 커피와 비교하면 맛도 풍미도 떨어지지만, 이런 건 분위기를 즐기는 거야."

그렇게 말하며 나와 타쿠 몫의 인스턴트커피를 건네는 이반. 나는 두 손으로 컵을 들고 절벽에 등을 맡기며 한 모금 마셨다.

"쓰다……."

"카하하하! 커피니까 그렇지! 설탕과 프림도 있다!"

"고마워."

막대 형태의 설탕과 프림을 넣고 휘젓자, 간신히 내 입에 맞는 게 나왔다.

따뜻한 음료를 마셔서 마음이 놓이듯이 숨을 내뱉고 하늘을 올려다보았다.

OSO의 인공 달과 별하늘을 올려다보며 그 광경에 빠졌다.

조금씩 마시는 커피의 온기와 싸늘하면서도 신비로운 별하늘은 현실에선 결코 볼 수 없는 광경이었다.

"사실은 추운 한겨울이 공기가 맑아서 별이 잘 보이지만. 뭐, 대용품치곤 충분하겠지."

"이반 아저씨는 겨울에도 등산을?"

"그래. 그렇긴 해도 본격적인 등산이 아니라 겨울의 한산한 캠프장에서 텐트를 치고 보는 거지."

등산가로서 자랑할 사진이 있는 건지, 우리에게 스크린샷 한 장을 보여주었다.

별하늘 사진이지만, 몇 줄기의 별이 하늘을 흐르고 있었다.

"별똥별 스크린샷인가? 예쁘네."

"아가씨는 마음에 들었나. 아쉽지만 별똥별이 아니야. 이건 고정사진이라고 해서 셔터를 완전히 누르지 않고 별을 찍어서 별의 움직임을 필름에 담은 사진이야."

그렇게 말하고 이게 30분이네, 이쪽이 한 시간이네, 라며 사진 몇 장을 우리에게 보여주었다.

동쪽에서 서쪽으로. 아래에서 위로. 찍는 각도에 따라서 변하는 별의 움직임이 아름답고 재미있었다.

"이 게임에서는 플레이어의 시점으로 스크린샷을 찍을 수 있지만, 이런 건 찍을 수 없어."

타쿠의 말에 대해 이반이 즐거운 듯이 웃었다.

"그러니까 나한테 이 세계는 괜찮은 대용품이야. 날씨에 좌우되고 체력이나 시간을 사용하는 취미지만, 역시 나는 현실의 산과 하늘이 좋으니까. 그렇다고 꼬맹이와 아가씨가 좋아하는 이 게임을 부정할 생각은 없어."

그는 그렇게 말했다.

취미에 열심인 이반은 우리 같은 애들과는 다른 식으로 즐길 수 있어서 솔직히 부러웠다.

"뭐, 내 경우 정상에 오르는 즐거움도 있지만, 이런 등산 과정도 잔재미 중 하나라고 생각하니까."

"그건 알겠는데, 내 경우는 결과도 냈으면 해."

여태까지 게임다운 요소 없이 담담히 절벽을 올라가는 짓을 반복했던 타쿠는 다소 질린 눈치였지만, 이반은 그런 타쿠의 등을 때렸다.

"안심해라. 이 위로 올라가면 싫어도 적과 싸우지. 현실에서는 하늘을 나는 뱀과 싸우면서 등산할 리가 없으니까! 여기서부터는 미지의 영역이다."

즐겁게 그렇게 말하며 금속 컵에 남은 쓴 커피를 단숨에 훌쩍 비웠다.

"자, 여기부터는 기합 넣고 올라가야만 하니까. 꼬맹이와 아가씨는 힘 좀 내라!"

눈앞에는 험준한 절벽. 뒤에는 나락의 어둠. 나아가는 것도 고생, 물러나는 것도 고생인 그런 생황에서 나와 타쿠는 제대로 싸울 수 있을지 불안스러웠다.

나 자신은 활이라는 공격수단을 쓸 수 없고 유일하게 어둠 속에서도 [하늘의 눈]과 지 속성 마법을 조합한 좌표 폭파라는 공격방법이 있지만, 타쿠와 이반은 어떤 식으로 싸우는 걸까.

●

이반을 선두로 등산을 재개하는 우리들.

얼마 뒤에 위를 올려다보니 하늘에는 붉은 눈동자에 진녹색 날개를 가진 뱀이 기다리고 있었다. 박쥐 같은 날개에 손발이 없는 초소형 와이번 같은 모습인 에어로 스네이크.

나는 [하늘의 눈]의 암시성능을 써서 적을 찾았다.

"적이 접근! 오른쪽 위에 뱀이 두 마리. 왼쪽 위에 마찬가지로 두 마리!"

"내가 먼저 몇 마리 떨어뜨리지! 타쿠 꼬맹이는 아가씨를 지켜라!"

내 경고에 이반이 지시를 내리고 즉각 요격 태세를 취했다.

이반은 대담하게도 로프에서 두 손을 떼고 몸에 묶은 로프 하나와 다리만으로 몸을 지탱하고 무기를 꺼냈다.

허리에 매달았던 신축성 금속 지팡이가 아니라 갈퀴 달린 로프를 휘둘렀다.

암흑 속에서 그 갈퀴가 바람을 가르는 소리가 울리며 회전속도를 올렸다.

"에잇!"

랜턴의 불빛이 닿는 범위에 들어온 에어로 스네이크를 향해 갈퀴를 내던졌다.

원심력으로 위력이 늘어난 금속이 똑바로 날아가서 에어로 스네이크를 스치고, 뒤따라서 로프가 에어로 스네이크에게 얽히자 갈퀴가 무게추가 되어서 암벽에 충돌했다.

한 마리는 그대로 아래로 떨어져서 사라졌지만, 나머지 세 마리가 덮치는 가운데, 이반은 허리의 벨트에서 신축성 금속 지팡이를 뽑아들고 엇갈릴 때 한 마리를 후려쳤다. 또 로프를 움켜쥔 주먹으로 또 한 마리의 뱀의 머리를 박살냈다.

흐르는 듯한 동작으로 순식간에 세 마리의 뱀을 쓰러뜨리는 이반의 공격에서 빠져나온 에어로 스네이크 한 마리가 내게로 다가와서 이빨을 드러냈지만——.

"——그건 안 되지. 〈소닉 엣지〉!"

내 밑에 있던 타쿠는 불안정한 자세에서 장검을 휘둘러 공격하여 뱀의 머리와 날개를 베었다.

아직 이반 정도로 익숙하지 않기 때문에 구명줄인 로프를 왼손으로 쥐고 오른손만으로 무기를 쥔 상태였다.

"좋아! 아가씨, 다른 적이 또 있나!"

"잠깐 기다려줘……. 응, 괜찮아. 다가오는 녀석은 없어!"

나는 주위의 안정을 두 사람에게 전했다.

이반은 절벽에서의 싸움에 적합한 장비로 효율 좋게 적을 쓰러뜨렸고, 타쿠가 남은 적을 원거리 아츠로 정리하는 행동을 반복했다.

에어로 스네이크의 공격이 산발적이고, 또 한 마리 한 마리는 그리 세지 않기 때문에 전투가 길지 않다는 게 다행이었다.

적의 숫자가 적고 리젠될 때까지의 시간이 길어서 그런지 광석 채굴 중에 적이 생겨나서 공격해 오는 일도 없어서, 광석을 대부분 캐면서 올라갈 수 있었다.

"저기, 이반 아저씨는 어떤 기준으로 무기를 골랐어?"

"갑자기 무슨 소리지?"

"아니, 단순한 흥미."

게다가 올라가는 도중에는 등산에 집중할 필요가 있지만, 조금씩 마음에 여유가 생겨나서 이런 잡담을 주고받는 정도가 되었다. 어쩌면 [등산] 센스의 레벨이 오른 영향도 있을지 모르겠다.

"그렇군. 익숙한 도구를 개조하는 쪽이 효율적이고 무엇보다도 로망이 있겠지."

갈퀴 달린 로프는 텐트를 칠 때에 쓸 수 있고, 신축성 금속 지팡이는 산행용 지팡이 대신 쓸 수 있어서 여러모로 중시된다는 모양이다.

"내가 식칼을 단검 대신 쓰는 거랑 비슷하네."

"아니, 너희들 이상하지 않아?"

""어디가?""

밑에서 타쿠가 한소리 했지만, 나와 이반은 어디가 이상한지 모른다는 듯이 고개를 갸웃거렸다.

분명히 단검은 단검으로 만들어진 것 쪽이 무기 성능이나 내구성이 안정적이지만, 나 같은 생산직이나 취미 센스를 다루는 이반에게는 성능은 둘째, 무기가 되면 그걸로 족하다는 생각이 있었다.

"하아, 이건 나 같은 게이머와 취미로 하는 사람과는 서로 이해할 수 없는 차이야."

타쿠는 그런 한숨을 내뱉고 포기했다.

"타쿠. 다음 적이 나왔어. 이번에는 오른쪽에 셋, 왼쪽에 둘, 정면에 하나, 합계 여섯 마리야."

아직 아침 해가 얼굴을 보이지 않는 암흑 속에서 이반과 타쿠가 정확하게 뱀들을 처리하였다.

조금씩 올라가, 내가 광석을 모으면서 천천히 전진했다.

"슬슬 동이 틀 시간대로군."

"어, 그래?"

메뉴로 시간을 확인하자 오전 4시.

"아가씨, 가을의 긴 밤이 아니라 OSO에서의 새벽시간이야. 동 트기 전부터 조금씩 몬스터의 분포가 변하니까 여기부터는 올라가는 페이스를 올리지."

"알았어."

나는 광석 채굴을 멈추고 올라가는 것에 집중하기 시작했다.

한동안 절벽을 올라가면서 슬금슬금 솟기 시작하는 태양으로 눈을 돌렸다. OSO의 일출을 확인하는데 우리 귀에 이상한 소리가 닿았다.

부우우우, 부부우우우우웁——.

배 속에 울리는 중저음이 아래쪽에서 서서히 다가왔다.

"무슨 소리——."

그건 아래쪽 숲에서 솟구치듯이 나타난 검은 덩어리였다.

중저음의 날개소리를 울리면서 절벽 쪽으로 모여들었다.

"이건 벙커비인가?! 여기선 싸울 수 없어!"

"윤! [제충향]을 피워!"

타쿠의 지시에 [제충향]에 불을 붙이고 연기를 주위에 퍼뜨렸다.

이쪽을 향해 모여들던 검은 덩어리는 하얀 연기를 피하듯이 흩어져서 커다란 두 개의 덩어리로 나뉘었다.

그리고 벌떼 속에 한층 큰 벌이 보였다.

"……크, 크다?!"

커다란 벌의 겹눈은 에메랄드그린색으로 빛나고, 겹눈 사이에 에메랄드가 박혀있는 것처럼 아름다웠다. 그런 에메랄드 눈동자 전체에 우리의 모습이 비치는 가운데 벌의 꼬리에서 뭔가가 날아왔다.

"으앗!"

"윤, 괜찮아?!"

얼굴을 찌푸리며 아픈 곳을 찾았다. 내 왼팔에는 시커먼 윈뿔이 꽂혀있었다. 가시가 꽂힌 왼팔에는 보라색 액체가 맺히고, 꽂힌 곳에서 연기가 뿜어져 나왔다. 눈이 아플 정도로 자극적인 냄새에 황급히 침을 뽑았지만, 메슥거리는 듯한 불쾌함에 메뉴를 열고 상태를 확인했다.

"상태이상——그것도 [독4]인가."

매초당 1퍼센트의 HP가 감소하는 가운데 제일 효과가 강한 해독 포션을 왼팔에 뿌리고 하이포션을 물마시듯이 마셨다.

대미지와 상태이상을 회복하면서 다시금 적에게 시선을 주었다.

"뭐야. 이 녀석 그냥 벙커비가 아냐."

"이게 벙커비의 두목. 보스인 퀸 벙커비야."

"꼬맹이, 아가씨! 여기선 불리해! 이 냄새가 남아 있을 동안에 위로 올라가자!"

이반은 여태까지 우리에게 맞췄던 등산 페이스를 단숨에 끌어 올려서 위로 올라갔다.

나도 뒤처지지 않도록 이반의 뒤를 따라 오르면서 [제충향]의 냄새로 접근하지 못하는 벌을 확인하려고 뒤를 돌아보았더니 내 머리 바로 옆의 절벽에 독침이 꽂혔다.

"히익?!"

"윤! 독침이 또 온다! 얼른 올라가!"

밑에서 타쿠가 재촉하는 바람에 필사적으로 올라갔다.

"아가씨, 얼마 안 남았다!"

먼저 올라가서 동굴 앞의 트인 공간의 안전을 확보한 이반이 이쪽을 바라보았다. 얼마 안 남은 거리를 필사적으로 올라가서 구르듯이 퀸이 쏜 독침을 피했다.

타쿠는 이반이 로프째로 끌어 올렸기에 전원이 무사히 동굴 앞에 도착했다.

"위험해! 독침이 얼굴 바로 옆으로 날아왔어!"

"진정해, 윤. 다행히 명중률은 낮으니까 처음 일격 외에는 안 맞았잖아."

타쿠의 말에 아직도 벌렁대는 심장을 진정시키면서 일출과 함께 햇빛을 받은 벌들의 모습을 확실히 확인했다.

[제충향]의 효과도 사라져서 퀸을 둘러싸듯이 나는 벙커비의 무리와 대치하는 우리들.

"저기, 뒤에 동굴이 있으니까 도망치지 않을래?"

""안 도망쳐!""

"아, 그래……."

즐거운 표정으로 벌떼와 대치하는 친구와 아저씨. 양쪽다 소년처럼 반짝이는 눈이었다.

"레어한 적에게서 도망치다니 말도 안 되는 소리! 쓰러뜨려서 레어 소재를 먹어야지!"

"운 좋게도 이렇게 딱 마주쳤군! 나를 절벽에서 떨어뜨린 벌과의 자웅을 가릴 때!"

게이머도 취미인도 나란히 싸울 기세가 등등했다. 나 혼자 도망치면 안 되겠지, 라고 체념했다.

"그런데 타쿠 꼬맹이. 저 벌을 하나씩 쓰러뜨려서 퀸을 끌어내는 건 득책이 아냐."

"저런 식의 몹은 보스만 사라지면 나머지는 오합지졸이야. 그럼 보스만 핀포인트로 노리는 게 좋겠지! 윤은 우리 강화와 주위 벌의 숫자를 줄여줘!"

"알고 있어! 〈인챈트〉——어택, 디펜스!"

이렇게 좁은 장소에서 대치할 때 속도가 너무 빠르면 사고 요인이 될 수 있다. 두 사람에게 거는 것은 이중 인챈트로 끝냈다.

가능하면 퀸에게 커스드 디버프를 걸고 싶었지만, 벌떼에게 가로막혀서 [하늘의 눈]으로는 퀸의 모습을 볼 수 없었다.

인챈트로 강화된 타쿠와 이반은 공격해 오는 부하 벌들을 요격하면서 후방에 있는 나를 지켰다.

그리고 벌떼에 숨은 퀸에게서 독침이 날아오는 것을 두 사람은 때로는 피하고 때로는 무기로 쳐냈다.

나는 인챈트의 대기시간이 종료되는 대로 벌들을 흩어버리기 위한 아츠를 날렸다.

"——〈궁기 — 질풍일진〉!"

범위가 넓은 풍압을 동반한 활 아츠로 벌떼의 중심을 노려 쏘자, 풍압에 눌린 듯이 벌들이 비틀거리며 절벽 아래로 떨어졌다.

중심부에 숨어 있던 퀸은 순간 모습을 보였지만, 다시 벌들이 모여서 모습을 숨겼다.

퀸도 내 아츠를 받아 대미지를 입은 듯했지만, 역시나 레어 보스몹은 비틀거리지 않고 버텼다.

"윤, 한 방 더 날려!"

"간다! ──〈궁기 ─ 질풍일진〉!"

다시금 날린 풍압을 동반한 화살은 부하 벌들을 쫓아냈다.

그 타이밍을 재서 이반이 날린 갈퀴 달린 로프가 퀸의 몸에 얽혔다.

어린애 정도 크기의 벌과 공중에서 벌이는 줄다리기에 이반이 열심히 힘을 썼다.

퀸도 지면에 떨어지지 않으려고 필사적으로 날개를 고속으로 움직이며 저항했다.

엔진 회전수가 올라가듯이 으르렁대는 듯한 날갯소리가 나고, 반대로 이반도 이를 악물고 로프를 두 손으로 당겼다.

"이반 아저씨는 조금 더 버텨! 윤은 그대로 벌 숫자를 줄여!"

"얼른 해! 이대로는 못 버텨!"

이반은 자세를 낮추고 퀸과의 줄다리기에 필사적으로 버텼지만, 그 발밑에는 끌려가는 자국이 생기기 시작했다.

나는 차례로 〈궁기 ─ 질풍일진〉을 날려서 벌의 숫자를 줄였다. 그리고 나를 향한 벌들의 어그로 수치가 쌓이면서 공격 대상을 나로 바꾸었다.

타쿠는 내 앞에 서서 두 자루 장검으로 덤벼드는 벌을 차례로 베어 넘겼다.

그리고 벌의 숫자가 줄어서 [하늘의 눈]이 퀸을 포착했다.

"가라! 〈커스드〉——어택, 디펜스, 스피드!"

퀸을 향해 물리공격과 물리방어, 속도의 세 종류 커스드를 연달아 걸어서 약체화시켰다.

물리공격의 커스드는 저항에 걸려서 안 들어갔지만, 물리방어와 속도가 떨어지면서 그에 따라 시끄러운 날개소리가 약해졌다.

그걸 계기로 퀸과의 줄다리기의 저울이 이반 쪽으로 기울고, 이반은 이 기회를 놓치지 않으려고 근육이 끊어질세라 전력을 내었다.

"——으랴아아아압!"

몸에 휘감은 로프를 어깨에 짊어진 듯한 자세로 힘껏 잡아당겼다.

업어치기 같은 자세로 잡아당긴 로프에 끌린 퀸 벙커비가 우리 앞으로 떨어졌다.

"이때를 기다리고 있었다!"

눈앞에 추락한 벌은 몸에 얽힌 로프에게서 도망치려고 여섯 개의 다리를 휘두르고 독침을 난사했다.

그런 독침을 피하며 돌진한 타쿠를 보았지만, 타쿠가 피한 독침이 자칫 내게 맞을 뻔하여서 [하늘의 눈]으로 체감 시간이 연장된 한순간에 간신히 피했다.

"——〈피프스 브레이커〉!"

타쿠가 순간적으로 날린 5연속 공격은 커스드로 약해진 퀸의 껍질을 상처 입히며 큰 대미지를 주었다.

한 번 맞을 때마자 퀸의 HP가 크게 줄어들고, 네 번째 공격으로 0이 되었다. 하지만 아츠의 일련의 동작은 도중에 멈출 수 없어서 다섯 번의 공격을 때려 넣는 오버킬을 보였다.

퀸은 금속을 긁는 듯한 단말마의 비명을 지르고 쓰러졌고, 그 소리를 들은 부하 벌들은 단숨에 흩어져서 도망갔다.

분명히 퀸의 존재는 위협이라고 할 만했지만, 타쿠의 과잉공격으로 쓰러진 지금은 동정심이 생겨났다.

"후우, 역시 중년 아저씨가 힘쓰는 건 힘들군."

"이반 아저씨는 괜찮아?"

주저앉은 이반에게 내가 말을 물었지만, 이반은 곁눈으로 힐끗 이쪽을 보았을 뿐이지 시선을 절벽 아래로 향했다.

"걱정 없어. 이 광경을 보면 다소의 피로는 날아가는군."

그 시선 끝에는 아침 해를 받은 숲이 보였다.

아침 안개가 태양빛을 반사하여 반짝반짝 빛나는 숲을 내려다보고, 그 끝에 펼쳐진 초원과 그 너머의 작은 마을의 성벽을 바라보았다.

밤새 절벽을 올라온 끝에 적과 싸우고 탐나는 아이템도 손에 넣었다.

타쿠도 내 옆으로 와서 적당한 피로에서 오는 탈력감과

사고 정지의 상태로 그저 눈앞의 경치와 태양의 따스함이
눈을 가늘게 떴다.

"이런 즐거움이 있으니까 산행을 그만둘 수 없지."

이반의 말에 나와 타쿠는 말없이 끄덕였다. 우리도 조금
은 산의 즐거움을 알았으니까.

나는 그 광경을 스크린샷으로 보존하는 작업을 마치자 일
어서서 동굴 쪽을 돌아보았다.

또 여기까지 올라오는 것도 귀찮으니까 단번에 이 동굴을
제패하든가 전이 오브젝트인 포털이라도 찾아야……라고
생각했는데, 잘 살펴보니까 마음에 걸리는 점이 있었다.

"저기, 이반 아저씨. 여기 동굴이 아니라 터널 아닌가?"

"뭐? 진짜야, 윤!"

"진짜군. 내가 여태까지 여기에 온 건 밤이었으니까 몰랐
던 걸지도."

나는 이반에게 말을 걸었는데, 타쿠 쪽이 강한 관심을 보
였다. 이어서 돌아본 이반의 눈도 어두운 동굴 안쪽에서 빛
을 느낀 모양이었다.

"윤, 가보자! 이반 아저씨도 얼른 와!"

"나 참, 기다려봐라. 그렇게 서두르지 말고."

"아, 기다려. 그렇게 서두르지 마."

"나 참, 젊은 녀석들은 쌩쌩하군."

나는 어두운 터널 안으로 돌진하는 타쿠의 뒤를 쫓으면서
한숨을 내뱉었다.

터널 출구는 금방 찾을 수 있어서 타쿠의 발이 자연스럽게 빨라졌다.

타쿠를 쫓아간 곳에는 벌판이 펼쳐져 있었다. 녹색으로 뒤덮인 땅과 동물형 몹. 그리고 시원한 아침 공기는 마치 고원 같았다.

[하늘의 눈]으로 멀리 있는 동물형 몹의 종류를 확인하니 소나 양, 닭 같은 종류가 보였다.

"고원 목장 같은데."

바로 그런 감상이 튀어나오는 장소였다.

"과연, 고원 에어리어인가. 또 새로운 곳을 발견해서 가슴이 뛰는데."

즐거운 듯이 고원 일대를 바라보는 타쿠와 달리 내가 근처를 둘러볼 때 터널 옆에 전이용 포털을 발견하고, 이걸로 매번 그 절벽을 올라오지 않아도 되겠다고 안도했다.

"꼬맹이와 아가씨, 기운도 넘치는군. 어, 포탈이 있잖아."

뒤쫓아 온 이반도 포털을 발견하고 우리는 고원 에어리어의 포털을 등록했다.

"두 사람은 이제부터 어쩔 거야? 나는 이대로 고원 에어리어에 가볼 건데."

타쿠의 제안에 나는 고개를 내저어 거부했다.

"적당히 피곤하니까 이대로 로그아웃해서 잘래."

"그럼 이반은?"

"아쉽지만 흥미는 없으니까 나도 자야지."

즐거운 듯이 웃지만, 이반도 역시나 철야의 분위기를 유지할 수 없는지 조금 졸린 눈치였다.

로그아웃하기 전에 나는 두 사람과 의논해야만 할 게 있었다.

"마지막으로 채굴한 광석은 똑같이 나누면 될까?"

타쿠와 이반이 밤새 같이 있어주고 지켜준 덕분에 모은 광석이다. 이것의 배분을 요구하는 건 타쿠와 이반의 정당한 권리다.

"나는 그러면 돼."

"이반은 어쩔래?"

"귀찮으니까 아가씨가 사주겠나? 나는 시세 같은 걸 모르니까 믿을 수 있는 아가씨한테 부탁하고 싶은데."

"아니, 만난 지 오래되지도 않은 나를 어떻게 신뢰할 수 있다고 말하는데? 나 참."

그렇게 말하는 나를 향해 이반은 '그런 말을 하는 시점에서 속일 생각 없는 것 아닌가.' 라고 지적하였다. 타쿠도 맞는 말이라며 웃었고, 나는 반론할 수 없어서 두 사람을 가볍게 노려보았다.

"분명히 사줄 순 있지만, 가치를 매길 수 없는 광석도 채굴했으니까 계산에 시간이 걸려. 게다가 내 가게에 같이 가야 할 필요도 있고."

"그럼 가격이 정해질 때까지 맡겨두지. 그리고 일부러 그런 말을 하는 걸 보면 역시 속일 생각이 없군. 아가씨는 고

91

지식하고 솔직해!”

"그건 나에 대한 신뢰로 봐야 할까, 이반이 털털하다고 봐야 할까. 나 참……."

그렇다면 나중에 [아트리엘]에 와달라고 할 필요가 있지만, 뭐, 받아들이자. 이반의 몫인 광석의 종류와 개수를 메모하는 것으로 일단 의논이 끝났다.

"오늘은 즐거웠어. 이반 아저씨, 나중에 기회가 있으면 파티 짜자."

"그럼 다음에는 더 많은 [등산] 센스 희망자를 데려와라. 아가씨도 다음에는 가게에 들르지!"

"그래, 느긋하게 기다릴게.”

타쿠와 이반에 가볍게 주먹을 맞부딪치며 인사하고, 나와 타쿠는 로그아웃하는 이반을 전송했다.

그리고 다음에는 내가 타쿠의 전송을 받으면서 로그아웃해서 현실 세계의 침대에서 눈떴다가 VR기어를 벗고 다시금 침대의 주민이 되었다.

3장   마법로와 블루라이트

[아트리엘]의 공방 내부에서는 딱딱한 금속을 두들기는 소리가 울렸다.

거푸집에 흘려 넣은 금속을 꺼내어 아직 뜨거울 동안에 망치로 두들겨서 형태를 만들었다.

광석에서 정제된 금속덩어리는 질 좋은 철괴나 통상 철괴가 많았다. 지금 그 옆에는 산더미처럼 쌓인 다른 광석이 존재했다.

"후우, 일단 철광석 계열은 주괴로 만들었는데. 이걸 다 어쩐다?"

공방에 설치된 휴대용 화로에서 새어 나온 열기에 얼굴이 화끈거려서 땀을 닦듯이 이마를 손등으로 문질렀다.

쌓인 철괴 옆에는 은광석을 시작으로 흑철광석, 그리고 전혀 다루어 본 적 없는 블루라이트 광석이 있었다.

"블루라이트 광석은 철과 동급의 소재일지도 모르겠다고 생각하고 화로에 넣었는데, 전혀 녹질 않잖아."

일단 실험으로 블루라이트 광석을 휴대용 화로에 투입해 보았는데, 화로의 화력이 부족한 건지 녹는 일 없이 화로 안에 계속 남아 있다가 생산 실패로 광석이 소멸했다.

이건 화로의 성능이 부족해서 일어나는 현상이라고 예상이 가는데, 그 외에도 실패 원인이 있을 듯하여서 바로 화로의 불을 껐다.

나는 휴대용 화로로는 이미 생산설비의 기능으로서 불충분하다고 느껴 새로운 설비로 갱신하기로 했다.

그렇다고 해도 화로의 갱신 방법을 모르는 나는 솔직히 선배 생산직 플레이어에게 부탁하기로 했다.

"──그런 고로 화로를 파는 장소를 가르쳐주세요."

"윤 군. 아직 휴대용 화로였다니, 누나는 조금 기가 막혀."

마기 씨의 가게 [오픈 세서미]를 찾아서 솔직하게 고개를 숙이고 부탁하자, 그녀는 카운터에 팔꿈치를 짚고 기막히다는 식으로 중얼거렸다.

"아니, 내가 [세공] 계열 센스를 쓰는 이유는 보석의 연마가 메인이지 다른 건 덤이라서."

"그렇다고 해도 돈이 있으니까 제대로 된 설비를 사면 될 텐데."

쓴웃음을 짓던 마기 씨는 가볍게 상황을 물었다.

"윤 군은 어느 정도 화력이 필요해? 철에서 강철로 바꾸거나 은괴를 만들거나 가공하는 거라면 금방 구입할 수 있지만, 그 이상은 수고가 들어."

"지금 가공할 수 없는 광석은 은광석이랑 흑철광석이에요. 또 전혀 다루어본 적 없는 블루라이트 광석이라는 아이템하고요."

마기 씨의 눈앞에 각각의 광석 샘플을 꺼내놓았다.

이번에 마기 씨네를 방문한 이유는 상위 화로의 구입을

의논하기 위한 것도 있지만, 또 하나는 내가 못 다루는 광석인 블루라이트 광석 때문이었다.

"이건…… 잠깐 보여줘."

마기 씨의 눈이 가늘어지고 진지한 표정으로 변했다. 손에 든 광석을 들어올려서 여러 각도에서 관찰했다.

푸른빛이 도는 금속이 보이는 광석을 충분히 관찰한 마기 씨는 이쪽으로 고개를 돌렸다.

"윤 군. 이거 어디서 손에 넣었어?"

"북쪽 에어리어의 산기슭에 있는 채굴 포인트에서 채굴했어요. 마기 씨는 이 광석에 대해 알지요?"

"그래, 가끔씩 한두 개 들어와. 분명히 북쪽 에어리어에서 채굴된다고 들었지만……."

말을 흐리는 마기 씨를 보며 왜 그러나 싶어 고개를 갸웃거리자, 마기 씨가 무거운 입을 떼었다.

"어디서 캤는지 구체적으로 물어도 돼?"

"딱히 숨겨진 곳도 아니에요. 그냥 그 산기슭의 절벽을 올라가서 채굴했을 뿐이니까요."

"저, 절벽을 올라가서……."

[등산] 센스를 취득한 김에 절벽이나 절벽 위에 있는 채굴 포인트를 캤더니 모였을 뿐이다. 산기슭의 절벽 밑에는 블루라이트 광석이 그리 많지 않지만, 절벽 위로 올라갈수록 채굴되는 개수가 늘어난 것을 기억했다.

"하아, 윤 군은 활동적이네."

"아뇨, 그냥 어쩌다가 그렇게 되었을 뿐이니까요."

나는 적극적으로 움직일 생각이 없기 때문에 일단 부정했지만, 그래도 광석 채굴 방법이 하나 늘었다는 정도로는 긍정적으로 생각했기에 꼭 틀린 말도 아닐지 모르겠다.

"내, 내 이야기는 됐으니까요. 마기 씨가 블루라이트 광석을 알고 있다면 다행이네요. 사실은 매입가를 정할 수가 없어서⋯⋯."

내가 그렇게 말하자, 미묘한 표정을 짓는 마기 씨. 이미 사들인 바 있는 마기 씨가 왜 그런 표정을 하지?

"실은 말이지, 나도 블루라이트 광석의 가격을 정하지 못했어."

"예? 마기 씨가?"

"분명히 들어온 블루라이트 광석을 사들이기도 했지만, 주괴 정제에 아직 성공하지 못 했어. 그러니까 그때의 매입가는 흑철광석의 세 배."

처음에 들어왔을 때에는 화로의 성능이 부족해서, 다음에는 기술이 부족해서, 레벨이 부족해서, 화력이 부족해서⋯⋯. 지금은 또 주괴로 만들 만한 광석이 모이는 것을 기다리는 상황이라고 했다.

그때 내 안에 떠오른 한 가지 의문을 마기 씨에게 던졌다.

"저기, 마기 씨도 메이킹 박스를 갖고 있지요? 그 복제 기능을 사용하면 숫자를 늘릴 수 있지 않나요?"

메이킹 박스란 여름의 캠프 이벤트의 보수 중 하나로, 하루에 한 번씩 지정한 종류의 소재의 랜덤 납품과 설정한 아이템의 복제라는 두 가지 생산직용 기능을 가진 아이템이다.

나도 같은 보수를 선택했기 때문에 기억하는데, 마기 씨도 광석의 랜덤 납품이나 아이템 복재로 입수할 수 있다고 생각하는데…….

"아, 그거 말이지. 랜덤 납품으로 손에 들어온 다른 레어 광석을 우선해서 복제하니까 블루라이트 광석까지는 순서가 안 와서. 아하하하하."

메마른 웃음을 짓는 마기 씨. 나로서는 어쩔 수 없다는 느낌이었다.

"그렇다면 내 수중의 블루라이트 광석을 전부 맡길게요."

"어?! 그러면 윤 군이 손해야."

"나는 또 캐오면 되니까요. 게다가 지금 가지고 있어도 못 쓰고요."

철괴까지밖에 못 만드는 화로밖에 없는 나로서는 보물을 썩히는 꼴이다. 그러니까 마기 씨에게 넘겨줘서 블루라이트 광석의 가치를 확인해달라고 하고 싶다.

"으음, 역시 납득이 안 가."

"나로서는 블루라이트 광석의 적정가격을 얼른 알고 싶을 뿐이니까 신경 쓰지 마세요."

"……알았어."

마기 씨는 내 말에 아직도 납득 못한 눈치였지만 눈을 감고 살짝 끄덕였다.

"이 상황에 안주하는 건 톱 생산직으로서 수치야! 고로 윤 군에게 교환조건을 제시할게!"

"교환조건?"

"그래. 윤 군은 나한테 블루라이트 광석을 제공한다. 나는 그걸 써서 블루라이트 장비를 만들어서 윤 군한테 준다. 물론 공짜로. 이거면 어때?"

그러면서 고개를 갸웃거리는 마기 씨에게 나도 반대하지 않고 받아들였다.

"알겠습니다. 그렇게 부탁해요. 그럼 블루라이트 광석을 드릴게요."

그렇게 말하고 나는 마기 씨에게 수중의 블루라이트 광석 47개를 맡겼다. 주괴 환산으로 약 9개 분량이다. 잘만 하면 주괴 하나 정도는 나오겠지.

"그럼 계약 성립이네. 하지만 그 전에 윤 군을 위한 화로를 사러 가야지."

"아, 그러고 보면……."

블루라이트 광석의 매입가 문제 쪽이 마음에 걸려서 까맣게 잊어버렸다.

"바로 사러 갈 건데, 누나로서는 추천 선택지가 두 개야."

[오픈 세서미]를 나가서 화로를 구입할 수 있는 NPC에게로 걸어가면서 설명하는 마기 씨는 손가락을 두 개 세우고 설명했다.

"일단은 금이나 은, 흑철까지의 광석을 안정되게 가공할

수 있는 고화로야. 보통은 단계별로 등급을 올려서 구입하는데, 윤 군은 돈이 있으니까 바로 이걸 살 수 있을 거야."

상위인 고화로는 중규모에 설치형 생산설비이기 때문에 휴대용 화로처럼 가지고 다닐 수 없지만, 그만큼 성능이 약속되었다.

"액세서리를 만들려면 그걸로 충분하겠네요."

"그래. 또 하나는 마법금속 같은 것도 가공할 수 있는 화로야. 마법로라고 불러."

이쪽도 고화로와 마찬가지로 설치형 생산설비지만, 고화로와 다른 특색을 갖는다.

"마법로는 플레이어의 MP를 소비해서 화력을 일시적으로 올릴 수 있어. 그만큼 도중에 화력을 유지하는 MP가 떨어지면 순간 화력이 내려가서 생산 실패가 되지만."

안정된 성능의 고화로인가, 고성능이지만 다루기 까다로운 마법로인가.

마기 씨가 제시한 두 가지 화로 중에서 내가 택한 것은——.

"대는 소를 겸한다고 하니까—— 마법로일까요."

"역시나. 그럼 퀘스트 힘내봐."

"어, 그게……."

무슨 말인가요? 라고 물으려고 했지만, 앞서 가는 마기 씨는 교외에 있는 건물로 들어갔다.

나도 황급히 뒤를 따라가 보니, 건물 안은 찜통 같은 열기와 희박한 공기 때문에 답답함이 느껴졌다.

"윤 군. 여기가 벽돌장인 NPC의 가게로 고화로나 마법로를 팔아줘."

"어서 옵쇼. 벽돌 찾으시나?"

나온 것은 진흙으로 더러워진 앞치마를 한 다부진 남자 NPC였다. 각진 얼굴의 남자를 올려다보자, 손에 들고 있던 점토 섞는 삽을 일단 내려놓고 이쪽을 돌아보았다.

"어어……. 마법금속을 가공할 수 있다는 마법로가 필요해서."

"미안하군. 마법로를 만드는 벽돌은 특별제라서 지금은 그 재료가 없어."

다부진 남자의 눈썹이 처지고 미안하다는 표정을 하였다. 나는 어째야 좋을지 몰라서 마기 씨에게 도움을 청하는 시선을 보냈지만, 그녀는 미소와 함께 끄덕였다.

이건 이대로라도 괜찮다는 소리일까.

"하지만 재료를 직접 가져와준다면 만들어줄 수 있지. 재료를 캘 수 있는 장소를 가르쳐주지."

"아, 그런 거구나. 그럼 받겠습니다."

── [퀘스트 : 마력질 점토옥을 찾아서] 를 수주했습니다.
퀘스트 아이템 [마력질 점토옥]을 30개 모아라.

나는 메뉴의 수주 퀘스트 일람 중의 지도를 확인했다. 제1마을 주변에 채취 장소가 몇 개 있는 모양이었다.

"한 곳에서 3~4개의 점토옥을 모을 수 있어. 필요한 만큼 모이거든 가져오라고."

그렇게 말하며 벽돌장인 NPC는 우리에게 등을 돌리고 열기 넘치는 벽돌 가마 앞에서 점토를 주무르기 시작했다.

"마기 씨, 안내 고맙습니다."

"그럼 내 안내는 여기까지. 블루라이트 광석 쪽은 내가 해볼 테니까 윤 군도 힘내."

마기 씨가 한 손을 흔들면서 [오픈 세서미]로 돌아가는 것을 지켜보고 나도 의욕을 냈다.

"그렇기는 해도 제1마을 부근은 꽤 익숙하니까 걱정 없지만."

소풍이나 산책과 마찬가지로 평소와 다름없이 느긋한 채취가 되겠지.

나는 그렇기 때문에 산책 친구들을 불러냈다.

"자, 가자! 뤼이, 자쿠로――〈소환〉!"

내 파트너 새끼동물인 일각수 뤼이와 꼬리 두 개의 검은 여우 자쿠로를 소환했다.

"자, 평소처럼 채취하면서 산책할까!"

소환된 뤼이와 자쿠로의 목덜미를 어루만지고서 두 마리를 데리고 마을 밖으로 걷기 시작했다.

●

퀘스트 아이템은 [마력질 점토옥]의 채취 포인트를 돌면서 내친 김에 각종 아이템을 모았다.

화살에 필요한 가지나 보석 원석, 약초 등. 조금 옆길로 새서 안쪽의 채취 포인트에서 조금 레어한 약초도 모으고 순조롭게 점토옥을 모았다.

"후우, 점토옥을 3분의 2정도 모았네. 하지만 조금 지쳤어. 휴식할까."

점토옥을 채취할 수 있는 장소는 간단히 찾았는데, 땅속의 점토를 파헤치는 데에 상당히 고생했다.

주위와 완전히 똑같은 색깔의 지면을 30센티미터 정도 파헤쳐서 나타난 점토층에서 농구공 크기의 점토를 퍼내 내 손으로 다지면 점토옥 하나가 나온다.

그걸 두세 개 만들어서 인벤토리 안에 넣는 작업은 꽤나 힘들었다.

동쪽 에어리어에서 남쪽으로 이동하면서 그걸 모으고, 서쪽의 세이프티 에어리어에 들어갔을 때 나무그늘에 앉아서 쉬기로 했다.

"하아, 뤼이는 여전히 무릎 위에 머리를 올리는구나. 그리고 자쿠로는 왜 그렇게 좁은 장소에 들어가려는 거야?"

무릎베개를 요구하는 뤼이와 내 옆구리로 들어가려는 자쿠로를 쓰다듬으면서 인벤토리 안에 넣은 식재료 아이템 중에서 지금 기분에 맞는 음식을 찾았다.

"오늘 기분은…… 아, [한산포도]가 있었지."

타쿠가 북쪽 산간 에어리어의 숲속에서 찾아온 포도를 꺼냈다.

한 알을 입에 넣자 달콤한 과즙이 입 안에 퍼졌다.

자쿠로도 뒷다리만으로 일어서서 포도를 요구하기에 몇 알 떼어서 주자 껍질째로 먹기 시작했다.

"보통 포도는 껍질째로 먹기 그렇지만, 이건 껍질하고 같이 먹을 수 있으니까 벗길 수고를 덜어서 편해."

한 알 더 입 안에 넣어서 맛보았다.

순간 자쿠로 쪽으로 신경을 돌렸기 때문에 무릎의 무게가 가벼워진 것을 느끼고 뤼이 쪽으로 눈을 돌리자 포도를 송이째로 먹고 있었다.

"우와, 뭐야, 그 사치스러운 모습?! 송이째로 먹고 괜찮아?"

나는 한소리 했지만, 뤼이는 입을 우물거리고서 줄기만 내뱉었다.

깨끗하게 과일만 먹어치웠다.

"아아, 나 아직 별로 못 먹었는데."

더 먹고 싶었기에 기분이 쳐졌지만, 내 옆에 붙은 작은 여우는 단숨에 포도가 사라진 모습에 굳어 있었다.

"……자쿠로. 남은 포도 먹어도 돼."

남은 포도를 송이에서 떼어 자쿠로에게 준 뒤 나는 몰래 한숨을 내쉬었다.

포도 같은 건 신기하지도 않은데 왜 뤼이가 단숨에 먹어치웠을지 생각하다가, 최근 과일을 안 먹었을지도 모른다는 대답에 도달했다.

"어쩔 수 없지. 퀘스트 아이템이 모이면 북쪽 에어리어에 가서 [한산포도]를 모아볼까."

조금 더 힘내보자고 두 뺨을 두드리며 기합을 넣고 점토옥 채취를 재개했다.

서쪽 에어리어에서 박쥐가 생식하는 얕은 동굴이나 늪 근처 지면을 파헤치며 점토옥을 다 모은 뒤 북쪽 에어리어로 [한산포도]를 찾으러갔다.

"뤼이는 평소처럼 환술로 모습을 숨기고 자쿠로를 지켜줘. 전투는 가급적 피할 테니까."

북쪽 숲 앞에서 뤼이와 자쿠로에게 지시를 내리고 숲속을 신중하게 걸어갔다.

방어구의 [인식저해] 추가 효과를 이용하여 몬스터에게 들키지 않도록 전진했다.

"절벽 쪽은 광석뿐이지만, 숲속은 보석 원석이 많군. 약초 계열은 적지만 식재료 아이템이 많을지도."

[한산포도] 같은 식재료 아이템 외에 사과 같은 과일 [산악사과], 매실 같은 파란 과일인 [시유 열매], 살구 같은 달콤한 향기의 과일인 [투우 열매] 등을 발견했다.

[한산포도]는 낮은 위치에 있기 때문에 따기 쉬웠지만, 다른 세 개는 높은 나무에 열리기에 따기는 어려울 것 같았지만……

"활로 쏴서 떨어뜨릴까? 하지만 그러면 과일에 상처가 날 것 같으니까 싫은데."

손이 닿는 범위로만 할까 생각했지만, [등산] 센스가 있다는 걸 떠올려서 장비하고 모션 보정을 얻어서 나무에 올라가 과일을 땄다.

"최근 입수한 센스라서 잊어버렸네. 자, 또 찾으러 가자!"

네 종류의 과일은 각각 신체 상태이상에 내성을 주는 식재료로, [시유 열매]가 독과 매료 내성, [투우 열매]가 마비와 기절 내성, [한산포도]가 혼란과 분노 내성. [산악사과]가 수면과 저주 내성에 대응하였다.

이것들을 [아트리엘]의 밭에서 키울 수 있으면 좋겠다 싶어서 과일의 씨를 찾았지만, 씨는 들어 있지 않았다. 대신 탐색 도중에 [시유 묘목]이라는 작은 나무를 발견해서 삽으로 캐서 인벤토리 안에 넣는 데에 성공했다.

다른 세 종류의 묘목을 찾기 위해 돌아다녔지만, [시유 묘목] 하나밖에 못 찾았기에 여기에 이따금 와서 찾아보기로 결의했다.

"후우, 이 정도면 충분할까?"

과일을 찾을 때마다 뤼이와 자쿠로가 맛을 보여달라고 요구했기 때문에 탐색이라기보다는 과일 따기 같은 모습이 된 나와 뤼이와 자쿠로.

점토옥 찾기에 과일 따기까지 상당한 필드워크를 했기 때문에 슬슬 돌아가기로 생각했을 때에 눈앞에 문득 선명한 붉은색이 비쳤다.

북쪽 숲 안에서 붉은색이라면 [산악사과]의 색이기에, 이 사과를 찾거든 퀘스트를 보고하러 돌아가자고 결심했다.

붉은색이 있는 방향으로 발을 옮기자, 다소 트인 장소로 나갔다.

거기에는 붉은 꽃이 핀 나무가 늘어서 있었다. 꽃봉오리가 반쯤 열린 상태로 밥사발만한 꽃이 피었다. 그러다가 꽃이 통째로 툭 하고 나무에서 떨어졌다.

발치에는 많은 붉은 꽃이 형태를 지키며 흩어져 있었다.

"여기는 세이프티 에어리어지. 거기에 [꽃이 통째로 떨어진다]라면 어디서 들은 듯한……."

자쿠로는 꽃 안으로 유유히 걸어가고, 뤼이는 꽃을 밟지 않도록 조심조심 뛰듯이 걸어갔다.

나는 나무 하나하나를 확인하면서 걸으며 기억을 더듬었다.

"최근 본 듯한 것 같은데. 어디였더라?"

현실이 아니라 게임일 텐데 어디서 보았을까? 머리를 굴리다가 실제로 본 게 아니라 읽었다는 걸 떠올렸다.

"그래. 이 책에 있던 소재의 추출도와 비슷해."

나는 인벤토리에서 책 한 권을 꺼내어 해당 페이지를 펼쳤다.

"이건 [이동백]인가? 그렇다면 씨앗을 짜면 기름이 나올 텐데."

동백 열매를 따봤는데 씨앗 같은 것은 보이지 않고, 때때로 깨진 씨앗을 찾을 수 있었다. 게다가 숫자가 적었다.

"그렇게 간단히 대량의 씨앗을 채취할 수 있을 리도 없나."

그렇게 말하며 꽃이 핀 동백나무 옆을 걷는데, 뭔가 딱딱한 감촉의 것을 밟았다.

뭘까 싶어서 발밑을 확인하니, 골프공 정도 크기의 딱딱한 씨앗이 있었다.

동백꽃에 숨어서 마찬가지로 비슷한 [이동백] 씨앗이 여기저기에 떨어져 있었다.

"등잔 밑이 어둡다고 그러지."

나는 동백 씨앗을 줍고서 근처에 떨어진 씨앗도 모으기 시작했다. 그걸 신기하게 올려다보던 자쿠로는 내 흉내를 내어 씨앗을 입에 물고 가져왔지만 용도를 알 수 없다는 듯이 고개를 갸웃거리며 씹어보았다.

"고마워, 자쿠로. 이걸 많이 모으면 기름을 짤 수 있어."

책을 펼치고 씨앗에서 기름을 짜내는 그림과 그 용도를 설명했다.

[이동백 기름]은 조합에도 요리에도 쓸 수 있고, 또한 기름을 짜고 난 잔해는 밭의 비료도 된다.

"그리고 [이동백 기름]은 연고의 기본 재료가 돼."

외상용 연고나 크림을 만드는 레시피에 따르면, 기름과 물, 그리고 안정제, 이렇게 세 종류를 기본으로 베이스 크림을 만들 수 있다.

그중에서 기름은 [이동백 기름], 물은 [생명의 물]이 있는데, 나머지 안정제가 없다.

책에는 특정 식물에서 채취하는 목랍 등을 이용하라고 적혀있었는데, 애석하게도 짚이는 재료가 없었다.

"……목랍이란 건 밀랍 같은 거지. 분명히 벌집도 양초의 재료였어."

동백 씨앗을 모으면서 생각했더니 어느 틈에 씨앗이 발치에 잔뜩 모여 있었다.

자쿠로는 기쁜 듯이 두 꼬리를 붕붕 흔들었기에 머리를 한 차례 쓰다듬고 고맙다고 말하면서 씨앗을 회수했다.

"계속 여기서 생각만 해도 소용없으니까 일단 돌아갈까. 뤼이, 자쿠로, 돌아가자."

내 목소리에 반응하여 달려오는 두 마리를 쓰다듬고, 이번에는 딴 길로 새지 않고 곧바로 제1마을로 돌아갔다.

그리고 교외에 있는 벽돌장인 NPC의 가게에 들러서 퀘스트 보고를 했다.

"퀘스트의 점토옥을 다 모아왔습니다!"

"그래. 이걸로 마법로를 만들 수 있지. 화로의 제작비와 설치비용 합쳐서 120만 G인데, 작업은 언제부터 시작할까?"

"어어, 지금 수중에 돈이 없으니까 [아트리엘]에 돌아가서 공방 설치장소를 확인한 뒤에 부탁드릴까 하는데."

"알았어. 그럼 가자."

점토옥을 모두 건네고 마법로를 구입할 수 있게 된 단계에서 나는 벽돌장인 NPC를 데리고 일단 [아트리엘]로 돌아왔다.

가게를 지키던 NPC 쿄코와 인사를 나누고 가게 안쪽으로 벽돌장인을 안내하고 몇몇 요망을 전달하면서 화로 구입비용을 건넸다.

"그럼 화로의 설치장소 부근은 마법 결계를 쳐서 열기가 방 전체에 퍼지지 않도록 해달란 말이지."

"그거 말고도 조합 소재 같은 게 있으니까. 그리고 뜨거운 방에서 휴식하는 건 싫고."

"알았다. 그럼 그렇게 작업을 시작하지."

다만 마법로 설치를 위해 돌아가려던 장인은 돌아갈 때 폭탄을 하나 던졌다.

"화로 설치는 사흘 걸린다. 그동안 거기에 들어갈 수 없으니까."

"어? 아니, 그런 말 못 들었는데. 그러면 곤란한데."

내가 대답하기 전에 [아트리엘]에서 나간 벽돌장인 NPC. 설마 이미 공사가 시작된 걸까 싶어서 공방의 문에 손을 대자 [입실 금지] 메시지가 발생했다.

"……쿄코. 사흘치 재고 있을까?"

가게를 지키던 쿄코에게 묻자, 미소와 함께 괜찮다는 대답이 돌아와서 조금 안심했다.

"하지만 큰일이네. 베이스 크림의 조합을 못 하다니……."

아니, 그래도 하려고 마음먹으면 오랫동안 쓰지 않았던

초심자용 생산 키트로 조합할 수 있다.

"……하아. 뭐, 레시피 확인만이라도 하고 성능 향상은 나중에 할까."

지금은 베이스 크림의 조합을 하기 위해 책을 꺼내고 [이동백] 씨앗에서 기름을 짜내는 방법을 확인하면서 실행하였다.

●

"으음, 일단 안정제는 나왔는데, 왠지 풋내가 나는데."

눈앞에 놓인 녹색 고형물에 코를 가져가서 킁킁 냄새를 맡았지만, 산뜻하다고 하기 어려운 식물 향기에 얼굴을 찌푸렸다.

그로부터 이틀. 마법로 설치가 끝날 때까지 나는 [아트리엘]의 처마 밑에서 [이동백 씨앗]을 일광 건조로 가볍게 말리는 동안, 밭쪽으로 난 테라스에서 수중의 소재로 안정제를 만들고 있었다.

안정제에 사용되는 소재는 [제충향]의 소재인 [이끼향목의 껍질]을 골라서, 거기서 안정제를 추출하는 작업을 하였다.

대량의 [이끼향목의 껍질]을 커다란 냄비에 가득 담은 물로 30분 정도 끓였다.

[이끼향목의 껍질] 색소가 완전히 빠질 때까지 휘젓자, 물

전체가 이끼의 녹색으로 물들고 표면에 조금씩 기름 같은 게 떠오르기 시작했다. 그걸 오래 끓일수록 기름층이 두꺼워지고, 나머지 이끼와 껍질이 냄비 안을 떠돌았다.

그리고 냄비를 불 위에서 내린 뒤에는 천천히 식기를 기다렸다.

물과 기름과 안정제가 굳는 온도차를 이용하여 표면에 떠오른 녹색 고형물——[이끼 목랍]이 굳기를 기다렸다.

최종적으로 녹색 덩어리를 꺼내고 물과 기름과 이끼와 껍질을 버리자, 어느 정도 양의 [이끼 목랍]이 확보되었지만 풋내는 가시지 않았다.

"리리에게 목랍에 적절한 소재에 대해 들어둘 걸 그랬나."

목공사인 리리라면 지팡이나 활 표면에 바르는 왁스나 니스 같은 안정제의 존재를 알고 있을 텐데, 어쩔까 싶어서 고개를 갸웃거렸다.

"나 왔어! 아니, 뭐 하는 거야?"

내가 완성된 이끼 목랍의 감촉을 확인하고 있는데 장난꾸러기 요정이 놀러 왔다.

"어서 와. 안쪽에 과자 있어."

"와아! 그럼 이거랑 교환."

때때로 찾아오는 장난꾸러기 요정은 작은 항아리에 담긴 벌꿀을 테이블에 놓더니 과자를 가지러 가게 쪽으로 말 그대로 날아갔다.

"정말 기운도 넘치네."

"얏호~! 오늘은 사탕이다!"

사과맛, 딸기맛 사탕은 어제 채취한 과일의 즙에 설탕과 물을 섞어서 만든 것이다. [시유 열매]와 [투우 열매]는 다음에 쓰기로 했다.

북쪽 에어리어에서 입수한 [시유 묘목]과 [이동백] 씨앗은 화분에 옮겨 심어서 더 자라기를 기다리는 상황이었다.

신세지는 농부 NPC의 말로는 [시유 묘목]과 [이동백] 씨앗은 밭에 옮겨심기 전까지 2주일 이상 화분에서 경과 관찰이 필요. 그리고 밭에 심은 뒤로 한 달 이상 지나야 열매를 맺기 시작하니까 한참 나중 일이라고 말했지만, 이미 옮겨 심을 장소만큼은 준비하였다.

"응? 애 으레? 애 어구레 어 무더써?"

"아니, 맛있게 먹는구나 싶어서."

인간을 위한 크기의 사탕을 입에 넣은 장난꾸러기 요정은 혹부리 할아버지의 혹처럼 오른쪽 뺨을 크게 부풀리면서 사탕을 먹었다.

제대로 말할 수 없지만 '왜 그래? 내 얼굴에 뭐 묻었어?'라고 말하는 거겠지. 그 모습에 왠지 웃음이 나왔다.

한동안 사탕을 빨고 있었지만, 중간에 와득와득 씹어 먹기 시작해서 간신히 진정된 뒤에 내 눈앞으로 날아왔다.

"왠지 이상한 덩어리네. 게다가 냄새 나."

"목랍이라고 만들었는데. 사실은 밀랍이라도 있으면 좋았겠지만."

"무슨 소리야. 밀랍이라면 있잖아."

그렇게 말하며 장난꾸러기 요정은 가져온 벌꿀을 가리켰다.

"[요정마을의 허니 크라운] 항아리는 가볍고 튼튼한 벌집을 가공해서 만든 거니까."

"진짜로?"

"진짜, 진짜, 진짜로 진짜. 보통 항아리는 우리한테 무거워서 못 들어. 상식적으로 생각하면 알잖아."

코웃음을 치는 모습이 살짝 짜증났지만, 조금이라도 새로운 방법이 보인 듯하였다.

"그럼 다음에는 케이크라도 준비해!"

"아니, 멋대로 그렇게 말해도……. 아니, 이미 없나."

자유롭게 찾아오는 조그만 이웃인 장난꾸러기 요정에게 받은 커다란 힌트를 살려보자.

여태까지 장난꾸러기 요정에게 받은 벌꿀 항아리를 꺼내서 확인하였다.

분명히 가볍게 튼튼한 항아리다. 흙으로 빚은 항아리와 달리 촉촉한 질감이 있었다.

"좋아. 안정제 제작에 가늠이 섰으니, 베이스 크림 준비를 할까!"

나는 작은 냄비 두 개를 설치하였다.

냄비에는 물을 가득 채우고 그 안에 각각 밀랍 항아리와 이끼 목랍을 넣은 보울을 띄워서 중탕하였다.

밀랍 항아리는 너무 크기 때문에 좀처럼 녹지 않아서, 일단 망치로 깨뜨린 뒤에 계속 중탕하였고, 이끼 목랍은 물을 더해서 불순물을 제어하면서 서서히 정제하였다.

"벌집은 보통 있는 게 아니니까. 지금 있는 소재로 만들도록 해야지."

좀처럼 만들 수 없는 고품질의 아이템보다도 언제든지 만들 수 있는 아이템 쪽이 중요하다.

이럭저럭 하는 사이에 깨뜨린 밀랍 항아리는 녹아서 커다란 덩어리가 되었기 때문에 건져내어서 식혔다.

세 번 정도 불순물을 제거한 이끼 목랍도 색과 풋내가 흐려져서 연녹색에 상쾌한 향기를 띠었다.

"애초에 밀랍 쪽은 불순물이 적으니까 그렇게 변화가 없나. 이끼 목랍 쪽은 불순물을 잘 제거하면 냄새는 나쁘지 않아."

오히려 상쾌한 숲의 냄새니까 취향에 따르는 걸지도 모른다.

"으음. 양쪽 다 만들어볼까."

일단 불을 꺼서 덩어리로 만든 밀랍과 목랍을 깨뜨려 각각 병 몇 개에 보존하였다.

"남은 건……. 어, 타쿠의 프렌드 통신?"

다음에 [이동백] 씨앗에서 기름을 추출하는 작업으로 커다란 냄비와 대량의 물, 그리고 찜기를 준비하던 참에 타쿠에게서 프렌드 통신이 들어왔다.

[윤, 좀 어때?]

"항상 학교에서 얼굴 보잖아."

[하하, 그렇지. 지금부터 네 가게에 들를 건데 괜찮아? 고원 에어리어 이야기를 좀 하고 싶으니까.]

"괜찮아. 지금 [아트리엘]에 있으니까."

[좋아. 그럼 금방 가지!]

갑작스러운 연락이었지만, 고원 에어리어 이야기라는 말에 납득했다. 조만간 그 장소를 탐험할 거라고 생각하면서 찜기 준비를 마치고 물이 끓기를 기다렸다.

잠시 기다리자 [아트리엘]의 점포에서 쿄코의 안내를 받아 테라스로 타쿠와 몇몇이 나타났다.

"어서 와. 오늘은 간츠나 미닛츠도 같이 왔네."

"여어, 잠시 실례하지. 그렇기는 해도 이상한 게 있네."

타쿠의 뒤를 따라 간츠, 미닛츠, 마미, 케이. 그리고 등산 플레이어인 이반도 함께 왔다.

"어라? 왠지 이상한 조합이네? 이반 아저씨다."

"여어, 아가씨의 가게에 와보고 싶었으니까 타쿠 꼬맹이에게 안내를 부탁했지."

"그럼 마음대로 봐. 나는 이 작업이 끝난 뒤에 이야기할 거니까."

씨익 하얀 이를 보이며 웃는 이반에게 마음대로 구경하라고 말하고 나는 이쪽 상황을 흥미 깊게 지켜보는 이의 앞에서 작업을 계속했다.

찜기에 증기가 가득 찼을 때 일광 건조한 [이동백] 씨앗을 찜기에 넣었다.

"좋아, 이걸로 준비는 끝. 그럼 고원 에어리어 이야기였나?"

대화의 대표는 타쿠와 이반이고, 다른 이들은 [아트리엘]의 밭에 있는 도등화 나무나 약초, 테라스의 테이블에 차려 놓은 가공 도중의 도구를 흥미 깊게 구경하였다.

"간단히 말하자면 고원 에어리어를 탐색하러 가자는 거야. 간츠나 미닛츠 등도 고원 에어리어에 흥미가 있는 모양이니까, 전원이 [등산] 센스를 취득하기 전에 나와 윤이 먼저 가보지 않겠어?"

"그건 좋지만……."

그렇게 말하면서 다른 이들 쪽으로 눈을 돌리자 이쪽을 돌아보며 흥분한 기색으로 말하였다.

"새로운 곳이잖아! 나도 가고 싶지만, [등산] 센스가 없으니까 같이 못 가는 게 아쉬워! 왜 난 그때 로그인하지 않았단 말인가!"

"간츠는 혼자 너무 흥분했어. 하지만 역시 미지의 에어리어니까 타쿠와 윤만 보내는 건 불안해."

주먹을 쥐고 부럽다, 분하다고 말하면서도 웃는 간츠와 그 모습을 기막힌 눈치로 보면서도 고원 에어리어에 가는 우리를 걱정하는 미닛츠.

"그렇게 되면 [등산] 센스를 가르치는 건 이반 혼자?"

옆에서 팔짱을 낀 이반은 즐거운 듯이 웃으면서 고개를

내저었다.

"내 지인 중 [등산] 센스를 가진 이들도 모아서 대규모 센스 습득 교실이 될 것 같군. 나는 그 준비로 필요한 아이템을 상담하러 왔지."

그래, 타쿠가 고원 에어리어에 같이 가자는 이야기, 이반이 실제로 센스 습득을 체험한 나와 타쿠에게 플레이어로서의 조언을 청하러 왔나.

일단 타쿠에 대한 대답은———.

"고원 에어리어에 가는 건 괜찮은데, 역시 깊이 탐색하고 싶진 않아. 가볍게 부탁해."

"음, 맡겨줘."

타쿠는 자신만만하게 말했지만, 나로서는 괜찮을까? 싶어서 고개를 갸웃거렸다.

이어서 이반에게는 인벤토리에서 노트를 꺼내어 몇 가지 아이템이나 조합 레시피를 적어주었다.

"식재료, 포션 같은 소모품은 필수. 그리고 그 장소는 벙커비가 나오니까 이 레시피에 있는 [제충향]을 피우면 낮 시간대라도 벌은 다가오지 않을 거야. 각각의 소재 입수 장소도 적어놨으니까."

내 [등산] 센스의 레벨업에 필요했거나 사용한 것을 적어서 주었다.

나 이외에도 지인 생산직이 있다면 그 사람들에게 부탁하여 넉넉히 준비하면 된다. 나 혼자 특정 센스를 취득하는 습득 교실의 아이템을 죄다 만드는 건 부담이 크니까. 조금이라도 그 부담을 줄이기 위해서 레시피를 건넸다.

"받아도 되나? 생산직의 레피시는 문외불출이라든가……."

"그런 이야기는 들은 적 없어. 아, 그리고 광석 가치는 대충 정했지만, 블루라이트 광석은 아직 못 정했으니까 다른 광석보다 다소 비싸게 사줄까?"

맡았던 블루라이트 광석은 마기 씨에게 넘기고 흑철광석의 세 배 정도의 매입가를 제시했다. 기타 광속도 합쳐서 제법 괜찮은 매입가일 터였다.

"충분하겠지. 하지만 이 정도의 금액이 있으면 아가씨가 제시한 아이템을 여유롭게 모을 수 있겠군. 소재 확보라면 지인과 나누어서 하면 충분해. 음, 신세졌군!"

이반의 용건은 끝났는지, 나와 광석 매매를 마치고 먼저 가게를 떠났다.

그 뒤에 타쿠와 고원 에어리어에 갈 일정 등을 이야기하면서 조정을 마쳤다.

"저기, 윤, 이거 뭐야?"

나와 타쿠의 대화가 끝났을 때, 찜기로 찌는 [이동백] 씨앗을 가리키는 간츠. 미닛츠도 흥미진진한 눈치였다.

"그건 연고 소재라고 하면 될까? 찐 뒤에 동백 씨앗을 부숴서 기름을 짤 예정."

본래 공방에 있는 분쇄기로 씨앗을 통째로 분쇄하고 삼베천에 넣어서 짤 예정이었는데, 마법로 설치로 공방에 못 들어가는 관계로 세공용 해머로 깨뜨려서 짜게 되었다.

"동백 씨앗이라면 동백기름인가요?"

"그런 걸까. 기름을 짜면 식재료로도 조합에도 쓸 수 있는 만능 소재에다가 약도 돼. 그러고 보면 화장품도 약 분류에 들어가나."

마미가 고개를 갸웃거리면서 물었기에 긍정하면서 쪄낸 씨앗을 꺼내어 열기를 뺐다.

그러는 가운데 미닛츠는 눈을 빛나면서 동백 씨앗을 바라보았다.

"머리나 피부에 쓴다는 소리?!"

"글쎄? 하지만 핸드 크림 같은 것의 소재니까 해는 없을 거야."

나는 열기를 빼내면서 옆에 놔둔 책에서 동백기름을 사용한 연고 레시피를 확인했다.

기본은 연고나 크림이지만, 제작법을 바꾸면 립 크림 같은 것도 만들 수 있는 모양이었다.

"좋아, 아주 좋아! 짠다는 소리는 힘이 필요하다는 거지! 윤 대신 간츠가 힘 좀 써봐!"

스킨케어나 미용 등을 연상하는 아이템에 미닛츠가 신나하면서 간츠의 등을 팡팡 때렸다.

그 파워풀한 모습에 타쿠와 케이는 이미 [아트리엘]의 점포로 도망쳤다.

"아, 타쿠, 케이! 나를 제물로 바치고 도망치지 마!"

이미 없는 두 사람을 향해 소리치면서 자기도 도망치려던 간츠의 옷깃을 미닛츠가 웃으면서 붙들었다.

"자, 남자니까 빠릿빠릿 일해."

한가득 미소를 지으면서 협박하는 바람에 격투가의 주먹을 동백기름 압착에 사용하는 간츠. 덕분에 나 혼자서는 못 짜낼 기름을 듬뿍 짜낼 수 있었다. 덤으로 간츠의 손은 동백기름으로 물들었다.

"…………."

"어어, 간츠 수고했어."

"……제, 제기이이이일!"

동백기름으로 범벅이 된 간츠는 타쿠가 있는 점포로 달려갔다.

"저기, 윤. 이제부터 어쩔 거야?"

미닛츠는 벌써부터 다음 작업에 들어가고 싶은 건지 나를 독촉했다. 그 옆에서는 마미도 말없이 두근거리는 눈을 하였다.

"어어, 일단은 동백기름이랑 [생명의 물], 안정제를 5대6대1의 비율로 유화시켜."

이번에는 처음이니까 밀랍을 한 조각 중탕으로 녹여서 동백기름과 섞었다. 거기에 [생명의 물]을 소량 더하고 물과 기름이 섞일 때까지 계속 섞어댔다. 이 작업도 공방의 전자동 교반기를 사용하면 빠르지만, 이번에는 전부 수작업으로 조금씩 [생명의 물]과 기름을 섞어서 크림 형태로 만들었다.

"으으. 꽤 힘든데, 이렇게 해서 나온 게 베이스 크림."

아직 이 형태면 아무런 효과도 없는 아이템이지만, 밀랍을 사용했기에 냄새는 좋다.

"우와, 손에 조금 묻혀도 돼?"

"아, 나도, 나도."

"해 봐."

내가 완성된 베이스 크림을 내밀자, 두 사람은 검지로 살짝 떠서 자기 팔에 바르며 감촉을 확인했다. 나도 내 손등에 비비듯이 발라서 코에 가까이 가져가자, 희미하게 벌꿀 향기가 났다.

스테이터스로는 변화가 없지만, 조금 기분 좋게 느껴졌다.

"어때? 감촉이나 냄새는?"

"살짝 단내야. 립크림으로 하면 어떨까?"

"그건 안정제를 더하는 양을 늘리면 고형에 가까워져."

"그럼 그때 벌꿀을 섞거나 향기를 위한 꽃 엑기스 같은 걸 넣어도 좋지 않아?"

나는 황급히 미닛츠의 어드바이스를 기록했다.

미닛츠에게는 괜찮은 모양이었지만, 마미는 단내에 살짝 얼굴을 찌푸렸다.

"마미는 벌꿀 향기가 싫으면 이쪽은 어때?"

대체 소재로 정제한 이끼 목랍을 내밀자 마미는 숲의 상쾌한 향기가 마음에 든 모양이었다.

"나는 이쪽이 좋을지도."

"그래. 소재 하나를 봐도 사람에 따라 취향이 다르구나."

나는 감탄하면서 완성된 샘플 베이스 크림을 조금씩 나누어서 작은 용기로 옮겼다. 지금은 베이스 크림 제작을 메인으로 하지만, 본래 이 뒤에 또 소재를 더해서 효과를 발휘시킨다.

작게 나눈 베이스 크림은 그 소재의 조합 검증용으로 보존해두었다.

"그렇긴 해도 동백기름이라. 이건 머리카락에 직접 발라도 좋겠네."

"그럼 실제로 해보면 어때? 머리카락에 윤이 돌지도 모르고."

내가 농담처럼 말하자, 시야 구석에서 즐거운 듯이 미소를 띠는 미닛츠가 있었다.

"그래, 그럼 윤으로 시험해볼까. 마미는 윤을 붙잡아!"

"예이!"

베이스 크림을 만드는 내 허리를 껴안듯이 달라붙는 마미. 구속과는 거리가 먼 모습과 그 필사적인 모습에 오히려 저항하는 것이 주저되었다.

"윤, 긴 흑발을 가졌으니까 조금 시험해보자."

"저, 저기, 미닛츠. 진정해. 나는 됐으니까. 게다가 나는 남자니까."

말로 저항해보았지만, 미닛츠는 동백기름을 살짝 묻힌 손을 굼실거리면서 다가왔다.

"포기해!"

"히이익?!"

내 머리를 뒤에서 덥석 붙잡고 그대로 두피째로 움켜쥐듯이 머리칼에 기름을 먹였다.

"어때! 이 동백기름으로 헤어 케어를 하는 건?"

"우, 으으, 자, 잠깐, 이건!"

무심코 소리가 새어 나올 정도로 기분 좋다. 적당한 힘으로 두피와 함께 머리카락을 주무르게 기분 좋아서 자연히 몸에서 힘이 빠졌다.

어느 틈에 마미의 구속도 풀리고 테라스의 테이블에 추욱 쓰러지는 나.

"너, 너무해."

"우, 우와, 천사의 고리가 생겼어."

"꿀꺽, 이거 대단한 효과네."

바라보는 두 사람은 지금 내 모습을 보여주기 위해 거울을 꺼내서 동백기름의 효과를 나에게 확인시켜주었다.

긴 흑발은 윤을 더하여 빛을 강하게 반사하며 생기는 천사의 고리로 반짝였다. 감촉은 살랑거리면서 가볍게 손가락에서 미끄러져 내릴 정도로 매끄럽다.

하지만 문제인 것은 미닛츠의 두피 마사지로 얼굴이 상기되고 눈가도 젖어 있는 내 모습이었다.

그 풀어진 얼굴을 숨기려고 나는 그 자리에 엎어졌다.

"이런 건 내가 아냐!"

"대단하네. 머리카락이 한창 예뻐졌어요."

"그런 칭찬 필요 없어."

나는 거북이처럼 목을 움츠리고 주저앉아서 조금 진정될 때까지 시간을 두었다. 그동안에도 남은 동백기름을 미닛츠와 마미가 서로의 머리카락에 바르는 건지, 즐겁게 떠드는 소리가 닿았다.

미닛츠의 웨이브 들어간 금발은 살랑거리고, 마미의 모자에 숨겨진 짧은 머리는 너무 매끄러워져서 머리카락을 묶었던 헤어밴드가 흘러내리는 사태가 벌어졌다.

"윤도 더 즐기자, 자, 다음은 립크림 안 만들래?"

"나는 상쾌한 향기의 핸드 크림이 좋아요."

"뭐야, 꽤나 분위기 좋잖아."

"타쿠, 살려줘! 두 사람 좀 막아줘……."

동백 씨앗을 압착하는 작업에서 도망치느라 점포에 있던 일행이 돌아온 모양이었다. 여자 둘의 맵시에 대한 열의에 또 내가 실험대가 될 것 같아서 도움을 청하듯이 타쿠를 돌아보다가 말이 멎었다.

"응? 왜 그래, 윤? 갑자기 말이 없고."

"뭐, 뭐뭐뭐, 뭐야, 그 반짝반짝은!"

뭐가 이상하냐는 듯이 목덜미를 주물럭거리며 고개를 갸웃거리지만, 타쿠는 아까 보았을 때보다도 머릿결에 광택이 생겨서 반짝거렸다. 분위기만큼은 한층 멋져졌다.

이 짧은 시간 동안에 대체 무슨 일이?

"아, 간츠가 기름 묻은 손을 문질러대서 짜증났어."

그렇게 말하는 옆에서는 간츠가 자기 손으로 얼굴에 기름칠을 한 건지 번질대는 피부로 자랑스러운 표정을 하고 있었다. 케이는 딱히 변화가 없지만, 갑옷 가동부에 스며든 기름으로 움직이기 편해졌다고 중얼거렸다.

"우와, 타쿠 군이 한층 상큼해졌어."

"흐음, 남자한테도 효과가 있다니."

여성 캐릭터가 된 내가 동백기름을 써서 괜히 여성스러움이 강조되었을 뿐인데, 타쿠가 사용하면 다른 효과가 나오다니. 리얼이면 같은 남자인데 눈물이 다 나온다.

"시끄러! 멍청이 타쿠! 한동안 내 앞에 얼굴 내밀지 마!"

"윤, 왜 그래."

"됐어!"

완전히 화풀이였다. 미닛츠와 마미는 부끄러워서 그러는 거라고 단정했지만, 결코 그런 건 아니다.

그리고 웃으면서 관자놀이에 핏대를 세운 간츠가 '염장질이냐, 이 리얼충!'이라며 타쿠의 옆구리에 보디블로를 때려넣었다.

나는 타쿠를 그 자리에서 쫓아내고 점포의 카운터 밑에서 무릎을 껴안고 있었다.

"왜 타쿠만 남자다워지는데. 나는 머리카락에 윤기가 돌아도 괜히 여자 같아지고. 원래는 남자인데."

코를 훌쩍이면서 기운이 돌아올 때까지 당분간 조용히 있
었다.

반쯤 화풀이처럼 쫓아낸 것에 대한 자기혐오도 겹쳐서 당
분간은 타쿠와 얼굴을 맞댈 수 없을 듯했다.

"……타쿠가 잘못한 거야."

작은 중얼거림이 카운터 밑에서 흘러나왔다.

4장 　 고원 에어리어와 대폭주

　공방 내부에는 딱딱한 금속을 두드리는 소리가 울리고, 망치를 내리치는 동시에 불꽃이 튀었다.

　나는 화로에서 녹인 금속을 거푸집에 흘려 넣고, 거푸집에서 빼내어 열기를 띤 금속을 망치로 두들겨서 모양을 잡았다.

　질 좋은 철괴에 보통 철괴, 은괴를 만들었다.

　"후우……. 마법로를 설치한 뒤로 바로 착수하려고 했는데, 상상 이상으로 내 레벨이 낮았어."

소지 SP 25

[활 Lv44] [장궁 Lv18] [하늘의 눈 Lv11] [준족 Lv5] [간파 Lv19]

[마도 Lv4] [부가술 Lv33] [지 속성 재능 Lv24] [조약 Lv35]

[요리인 Lv6]

대기

[연금 Lv37] [합성 Lv38] [생산의 소양 Lv39] [조교 Lv12]

[조금 Lv12] [수영 Lv13] [언어학 Lv23] [등산 Lv11]

　[세공]의 상위 센스인 [조금]도 대량의 광석을 주괴로 만

드는 작업으로 레벨이 단숨에 올랐다.

처음에는 흑철광석을 주괴로 만들려고 했는데, 레벨이나 생산에 관계된 DEX 스테이터스가 부족하기 때문에 실패의 연속. 그래서 수수하게 반복해서 경험치를 쌓는 중이다.

"보통 철이 12개, 질 좋은 철이 10개, 은이 18개라. 뭐, 충분할까. 그렇기는 해도 덥네."

그렇게 말하며 완성된 주괴를 소재용 아이템 박스에 보존하고 새로 설치된 마법로 옆에서 떨어졌다.

마법 결계가 있다고 해도 화로 주위에만 열기가 어려 있었다. 나는 결계에서 한 발 나와서 공방의 어둑어둑하고 시원한 공기를 한 모금 들이마셨다.

"아아, 시원하다. 화로 앞이 뜨거우니까 괜히 더 힘드네."

땀을 닦으면서 미리 준비한 시원한 물이 담긴 컵을 이마나 목덜미에 대고서 그걸 단숨에 마셔서 몸을 안부터 식혔다.

그렇게 좀 진정되었을 때, 아직 MP를 양식으로 강한 불길을 담은 마법로의 불빛을 받은 광석의 산들을 바라보았다.

남은 광석 중 대부분은 내가 가공할 수 없던 흑철광석과 블루라이트 광석이었다.

"이 녀석들이 귀찮단 말이야."

처음에는 그때 타쿠에게 심한 말을 했다는 자기혐오를 잊어버리기 위해 일심불란하게 망치를 휘둘렀지만, 어느 틈에 타쿠 따윈 잊어버리고 광석을 주괴로 바꾸는 작업에 열중하였다.

"흑철광석은 너무 단단하니까 해머를 몇 개나 다시 사야 하고, 블루라이트 광석은 레벨 부족에 스테이터스 부족, 그리고 화로의 화력 부족인가."

NPC가 파는 철제 망치로 만들려고 했지만 흑철광석은 너무 단단해서 망치의 내구도가 먼저 다 떨어지는 바람에 생산 실패로 끝나고, 블루라이트 광석은 내가 한계까지 부은 MP로도 아직 화로의 화력이 부족해서 녹질 않았다.

"화로의 화력업 아이템 같은 걸 써서 단번에 화력을 올리고, 일단 깨지기 쉬운 철제 망치에서 다른 망치로 바꿔야 할까."

연구할 점은 얼마든지 있지만, 현재 그걸 부탁할 만한 마기 씨는 블루라이트 광석의 주괴화에 집중하고 있겠지.

"계속 마기 씨한테만 부탁하잖아."

각도를 바꾸어서 청색을 띤 블루라이트 광석을 바라보면서 한숨을 내뱉었다.

지금 시점에서는 주괴로 만들 수 없기 때문에 나에게는 아무 짝에도 쓸모없는 물건이었다.

"나중에 남은 블루라이트 광석도 죄다 마기 씨한테 줘야지."

나는 작게 중얼거리며 메뉴의 시계를 보았다.

시간은 오후 2시 전으로 표시되었고, 나는 가기 싫다는 마음으로 한숨을 내뱉었다.

"무슨 얼굴로 타쿠와 둘이서 탐색하란 말이야."

지금 생각하면 그렇게 화낼 일도 아니었던 것 같다. 하지만 역시 남자로서 뒤떨어지는 꼴을 보인 듯해서 기분 나빴던 것도 사실이다.

"하아, 나는 왜 그렇게 화냈을까."

하찮은 이유 같아서 후회와 자기혐오에 등에 무거운 그림자가 생겼다.

"어쩔 수 없지. 가자!"

두 손으로 내 뺨을 때려서 기합을 넣고 공방에 설치된 미니 포털을 사용하여 등록된 고원 에어리어의 포탈로 전이를 개시했다.

전이된 곳은 북쪽의 절벽을 올라간 곳에 있는 포탈이다.

이번에는 거기서 타쿠와 만날 예정이었는데, 지금 눈앞에는 타쿠 이외에 또 한 명이 있었다.

"윤, 오늘은 잘 부탁해."

"에, 에밀리?! 왜 여기에! 아니, 어떻게 여기까지 왔어!"

여기는 절벽 위의 터널을 지난 곳에 있는 포탈이다. 우리가 수수하게 [등산] 센스를 따서 절벽을 올라 도착한 장소에 에밀리가 있다는 것에 놀랐다.

"윤, 왔냐."

"왜 에밀리가 같이 있어?"

"있으면 무슨 문제라도 있어?"

"아니……. 없지만. 그렇다면 그렇다고 한마디 말해주면 좋잖아."

"아니, 왠지 모르겠지만 윤을 화나게 한 것 같아서. 말을 걸려고 해도 피하니까 말할 기회가 없었어. 미안해."

그렇게 말하지만 이건 전적으로 내 잘못이다.

하아~. 길게 한숨을 내뱉고 내가 얼마나 타쿠한테 미안한 짓을 했는지, 거듭 미안하다고 느꼈다.

"잘못한 건 나야. 분한 마음에 타쿠한테 화풀이했어. 미안."

"아니, 괜찮아. 그보다 가자!"

오랫동안 자기혐오에 시달렸던 내가 바보 같을 정도로 쾌활한 미소를 띠며 고원으로 걷기 시작하는 타쿠.

타쿠와는 쉽사리 화해할 수 있었지만, 에밀리의 존재를 잊진 않았다.

"나와 이야기할 기회가 없었다는 걸 알겠는데, 에밀리는 어떻게 여기까지 왔어? 역시 수수하게 [등산] 센스로 올라온 거야?"

"아냐. 나는 비행 계열 합성 몹으로 올라왔을 뿐이야."

"으으, 뭔가 비겁해."

내가 미간에 주름을 잡으며 중얼거리자 에밀리가 쓴웃음을 지었다.

"분명히 올라올 뿐이라면 빠르지만 일회용이고, 센스를 취득할 수 있는 것도 아니니까."

"분명히 그렇지만……."

"게다가…… 윤과 타쿠의 낌새를 보고 싶어서 내가 억지로 따라왔어."

현실의 자기 모습을 아는 상대와는 별로 게임에서 얽힐

생각이 없었는데, 우리의 낌새가 이상한 걸 알아차리고 억지로 오늘 모험에 따라온 모양이었다.

"뭐, 기우였던 모양이지만."

"고마워, 에밀리. 걱정해줘서."

"윤이 평소 표정으로 돌아와줬네."

안심한 것처럼 미소 짓는 에밀리였지만, 나 자신의 표정은 잘 알 수 없으니 스스로 얼굴을 여기저기 문질러서 풀었다.

"윤과 에밀리는 둘이서 무슨 이야기야?"

"내가 밑에서 비행 계열 합성 몹으로 올라온 게 비겁하다는 이야기."

"아, 그거 말이지."

타쿠는 알고 있었던 듯한 기색을 하며 이야기에 끼어들었다.

"이 고원 에어리어에 일찍 도착하고 싶은 플레이어를 한 번에 10만 G로 옮겨다주면 돈 좀 만질 텐데."

"저 절벽 밑에 모인 50명 이상의 플레이어를 옮기는 건 귀찮아서 싫어."

"하지만 조만간 누가 절벽으로 플레이어를 수송하는 장사를 시작할걸. 에밀리가 돈 벌려면 이 타이밍이잖아."

"안 해. 내 본직은 [소재상]이야. 계속해서 벌 수 있는 게 아니라면 벌이가 적어도 [합성]과 [연금] 센스 레벨을 올릴 수 있는 방법을 택할 거야."

타쿠와 에밀리의 대화가 재미있어서 무심코 웃음이 나왔다.

"타쿠와 에밀리는 사이가 나쁜가 싶었는데, 그렇지도 않잖아."

"나는 딱히 싫어하지 않아. 다만 접점이 없었을 뿐이고."

"나도 적극적으로 얽히려고 하지 않았을 뿐이야. 현실에서 아는 사람과 얽히는 건 귀찮으니까."

그러는 사이에 고원 에어리어에 도착했다.

새벽녘의 안개 속에서 본 풍경과는 달리 지금은 고원을 멀리까지 내다볼 수 있었다.

고원 끝에는 다소 높은 언덕이 있고, 그 언덕 위의 에어리어 안쪽에는 뤼이의 몇 배는 되는 말이 누워 있었다.

그 외에도 소 같은 몹이 점점이 있고, 흉악한 형태의 비틀린 뿔을 가진 염소형 몹이 몇 마리 무리를 만들었고, 평원의 중앙에 자리 잡은 바위산에는 둥글둥글하니 살찐 닭 같은 몹이 하늘을 날았다.

명백히 인형 같은 모습의 닭이 물리적인 법칙을 무시하고 하늘을 자유롭게 나는 모습을 보니 가볍게 웃음이 나왔다.

"저 광경, 완전 판타지야."

"그렇네. 그럼 가볍게 몹을 잡으면서 강함과 드랍템을 확인할까."

타쿠를 선두로 고원 에어리어에서 눈에 들어오는 적과 전투를 시작했다.

소 모양 몹인 스틸 카우는 발달되지 않은 뿔 대신 머리부터 등에 이르기까지 금속 장갑판 같은 것으로 뒤덮여서 단독으로 돌진해 왔다.

비슷한 공격 방법의 빅보어와 다른 점은 달리면서 다소 방향전환이 가능하다. 그렇기 때문에 어느 정도 끌어들인 뒤에 반격할 필요가 있었다.

전위인 타쿠와 에밀리를 발견하고 돌진해 온 소는 좌우로 나뉘어서 피한 타쿠와 에밀리를 보고 망설임 없이 타쿠 쪽으로 방향을 잡았다.

타쿠가 달리는 방향으로 또 돌진해 왔지만, 소의 진로 예측보다 타쿠의 속도가 웃돌았다.

"〈인챈트〉——스피드!"

후위인 내가 날린 인챈트로 타쿠의 속도가 더 올라가고, 타쿠는 소의 추적을 뿌리치고 갑자기 반전하여 소의 옆구리에 아츠를 날렸다.

"먹어랏! ——〈파워 버스터〉!"

크게 휘두른 두 자루 롱소드가 소의 옆구리에 꽂히며 큰 대미지를 입혔다. 대미지를 받아서 소리치는 소는 다시금 타쿠에게 돌격하려고 했지만, 뒷다리가 뭔가에 걸려서 앞으로 고꾸라졌다.

"——〈윕바인드〉."

"——〈매드풀〉."

에밀리와 연접검이 소의 뒷다리를 붙들고, 내 흙 마법이

135

소의 체중을 이용하여 발을 잡았다.

"한 번 더 간다! ──〈파워 버스터〉!"

다시금 타쿠가 날린 아츠가 소의 옆구리에 박히고, 소는 큰 울음소리를 내며 옆으로 쓰러졌다.

소의 몸이 빛의 입자가 되어 사라진 것을 확인하고 전원이 무기를 내렸다.

"뭐, 힘으로 밀어버릴 수 있는 정도로 센가."

"그게 되는 건 타쿠뿐이잖아. 나랑 에밀리라면 공격력 부족일 거야."

내 의견에 고개를 끄덕이며 동의하는 에밀리.

힘과 내구력이 있는 스틸 카우는 일단 지금 단계에서 솔로로 싸우기란 힘들다.

다음에 싸운 염소형 몹인 메이지 고트는 집단으로 마법을 쓰는 염소였다.

마법 종류는 화 속성뿐으로, 그 외에는 수면과 기절의 상태이상 마법을 주로 사용하였다. 떼 지어 싸우기에 탄막처럼 마법 공격이 날아왔지만, 마법이 주력이기 때문에 물리 공격에 약해서 타쿠와 에밀리가 접근하자 연이어 쓰러졌다.

마지막으로 뚱뚱한 닭 모양의 몹인 코카트리스는──.

"이건 윤 쪽이 상성이 맞겠어."

"그래. 이 거리에서 노릴 수 있는 건 윤뿐이니까."

코카트리스의 공격방법은 상공에서 급강하하는 기습과

집단으로 공격해 오는 편대 돌격.

그리고 통상공격에는 낮은 확률이지만 마비가 붙고, 약하게나마 견제로 바람 마법을 사용하였다.

하지만 나는 그보다도 사정거리가 압도적으로 먼 장궁으로 코카트리스를 차례로 격추하였다.

"응. 대충 이 에어리어의 적은 쓰러뜨렸나. 남은 건 저 언덕 위의 말 모양의 보스인데."

나는 [하늘의 눈]으로 주위에 코카트리스가 없는 것을 확인하고 시선을 언덕 위로 돌렸다.

"보스 이름은 라이트닝 호스인가. 해치울 수 있을까?"

"이 에어리어의 적이 조금 강하니까 보스도 꽤 강하겠지."

"그래. 생각 없이 덤비는 건 그만두자."

내 말에 타쿠도 에밀리도 신중한 의견이었다.

아무도 싸워본 적 없는 보스인 만큼 얼마나 강한지는 미지수다.

"뭐, 생각만 해도 수가 없나. 적당히 드랍템이나 채취 아이템을 모아볼까."

나와 에밀리는 타쿠의 말에 동의하면서 고원 에어리어에서 눈에 들어오는 몹을 쓰러뜨리며 드랍템을 모았다.

스틸 카우에게서는 스틸 카우의 딱딱한 가죽과 등심살.

메이지 고트에게서는 메이지 고트의 뿔과 염소젖.

코카트리스에게서는 코카트리스의 깃털과 혈액.

이중에서 스틸 카우의 딱딱한 가죽은 가죽갑옷 등의 가죽 방어구로 만들 수 있고, 등심살과 메이지 고트의 염소젖은 요리 센스에 사용된다. 또한 메이지 고트의 뿔은 가공하면 창의 끝부분으로도 쓸만한 경도를 가졌다.

그리고 코카트리스의 깃털과 혈액의 용도는――.

"깃털은 합성으로 화살에 쓸 수 있고, 혈액은 약을 만들 때 쓸 수 있나?"

"나한테 혈액은 합성 몹을 만들 때 몹의 데이터 정보원이야. 그리고 연금으로 다른 소재로 바꿀 수 있을까?"

나와 에밀리는 손에 들어온 소재를 꺼내고 그 사용법을 고찰하였다.

"너희들, 여기는 필드니까 생각은 나중에 해."

"미안. 하지만 마음에 걸려서."

웃으면서 얼버무렸지만, 타쿠는 기막히다는 듯이 한숨을 내쉬었다.

"윤과 에밀리가 그런 상태로 전투를 계속해도 미스할 뿐이니까 일단 쉴까."

"괜찮아? 아직 저 바위산을 안 봤잖아."

"지금 가도 주의력 산만이라 위험하잖아. 휴식이 끝나거든 저 바위산에 가서 채굴하라고 할 테니까."

"그건 맡겨줘. 나도 광석 같은 게 필요하니까."

가슴을 펴며 대답하는 에밀리. 우리는 일단 근처의 세이프티 에어리어까지 돌아가기로 했다.

그렇기는 해도 여기 고원 에어리어는 넓은 것치고 몬스터가 적은 듯한데 기분 탓일까? 애초에 여기까지 도달한 플레이어의 숫자가 한정되기 때문에 이 정도가 적당할지도 모르겠지만.

●

세이프티 에어리어로 돌아온 나는 야외 조합을 위해 가지고 다니는 조합 키트를 꺼내서 메이지 고트의 뿔을 약으로 만들기 쉽도록 잘게 바순 뒤에 갈았다.

나와 달리 에밀리는 선택한 소재에 대해 [연금]의 상위 변환을 하거나 [합성]으로 복수의 재료를 합성했지만, 나보다 빨리 결과가 나왔다.

"에밀리, 결과는 어때?"

"그래. [연금]이면 스틸 카우의 딱딱한 가죽이 크고 딱딱한 가죽이 된 정도야. 그 외에는 합성과 연금으로는 꽝이야. 가죽 이외는 팔든가 합성 몹의 핵으로 만드는 수밖에 없어. 윤은 뭐 하고 있어?"

"베이스 크림에 녹기 쉽게 메이지 고트의 뿔을 갈고 있어."

마침 뿔을 다 갈았기에 분말을 조금만 물에 녹여보았더니, 잘 녹아서 물이 붉게 물들었다.

나는 어제 잘게 덜어둔 용기에서 베이스 크림을 덜어서 남은 가루와 섞어보았다. 조금씩 투입하여 소형 거품기로 잘 섞었다.

"윤. 그건 저번에 만든 그거야?"

"그래. [이동백] 기름과 [생명의 물], 밀랍으로 만든 크림에 몹의 소재를 섞어서 만드는, 속성 내성을 부여하는 크림──[속성연고]야."

"단순한 미용 아이템이 아니었군."

타쿠의 말을 가볍게 흘려들으면서 작업을 계속했다. 단번에 분말을 섞으면 유화되어 안정된 크림이 녹아서 액체로 돌아갔기에 신중하게 조금씩 섞었다.

잠시 뒤에 유백색 베이스 크림이 연붉은색으로 변한 것을 보고 섞는 작업을 멈춰 원래 용기로 되돌렸다.

"좋아, 완성이야."

나온 아이템의 스테이터스를 보고 일단 완성을 확인했다.

불 내성의 크림 [소모품]
[화 속성 내성(소)

"으음, 역시 공방의 생산설비에서 만들지 않으니까 보이지 않는 부분에서 효과가 낮을지도."

"윤, 그건 어떤 아이템이야?"

내가 생각에 잠겼을 때 에밀리가 말을 걸어왔다. 그러고 보면 이 아이템의 효과를 설명하지 않았다.

"이건 속성 대미지의 내성을 주는 연고. 메이지 고트의 뿔이면 화 속성의 내성이군."

그렇게 말하며 완성된 용기를 늘어놓자 옅은 청색의 크림이나 갈색의 그림, 연녹색의 크림에 유백색과 회갈색 크림을 나열되었다.

"이게 [블루 젤라틴]을 섞은 수 속성, 갈색은 [고블린의 뿔]로 만든 지 속성, 녹색은 [에어로 스네이크의 비늘]로 만든 풍 속성, 유백색이 [인혼결정] 가루로 만든 광 속성, 회갈색이 다크맨의 [마법생물의 촉매금속]으로 암 속성이야."

거기에 지금 막 완성된 메이지 고트의 뿔 가루로 만든 화 속성의 연붉은색 크림.

이걸로 총 여섯 속성이 완성된 것을 보여주자, 감탄사가 일었다.

"흐음, 이게 방어속성을 높이는 아이템인가. 하지만 소재의 입수 난이도가 제각각인데."

분명히 [블루 젤라틴]이나 [고블린의 뿔]은 슬라임이나 고블린 계열이 드랍하는 아이템이라서 입수 자체는 쉽다.

그리고 위스프가 드랍하는 [인혼결정]도 비교적 쉽게 손에 들어오지만 다소 특수한 방법을 써야 하고, 다크맨을 보자면 아예 보스 몹이다.

"더 저렴한 소재로 만들 수 없을까?"

타쿠의 지적에도 일리 있다. 하지만 여기에는 이유가 있었다.

"실제로 점균 슬라인의 강산성 젤리, 무어 프로그의 위장을 건조시킨 가루, 박쥐 독피, 애시드 도저의 강산액 같은 걸 써본 결과——."

"결과?"

"——상태이상 계열의 효과도 붙거나 지속 대미지가 발생해서 못 쓰는 게 나왔어."

내가 그렇게 대답하자, 타쿠와 에밀리는 납득하면서도 미묘한 표정을 하였다.

"게다가 레어한 소재일수록 내성 효과가 강하니까. 에어로 스네이크의 비늘과 코카트리스의 피는 같은 등급인 모양이지만."

나는 밀랍의 베이스 크림에 코카트리스의 피를 섞어서 녹색 크림을 만들었다. 붉은 혈액이 바람 속성의 녹색으로 변하는 것은 정말 판타지다.

타쿠는 [속성연고]의 가치를 재보려는 건지 흥미 깊게 바라보고, 에밀리는 검증 플레이어로서 호기심이 꿈틀거리는 듯했다.

"그래서 윤. 이건 효과 중복이 가능해? 윤의 〈엘리먼트 인챈트〉나 방어구 자체의 속성 내성이라면 어떻게 될까?"

"그거라면 동일속성으로 내성이 겹쳐지는지, 다른 속성으로 겹쳐지는지도 조사할 필요가 있겠지."

타쿠도 이야기에 끼어들어서, 분위기가 [속성연고]의 검증으로 변했다.

"일단 같은 속성 효과의 중복이 아닐까? 내가 크림을 사용. 그 뒤에 윤의 〈엘리먼트 인챈트〉면 될까?"

그렇게 말하며 타쿠는 수 내성의 크림을 가볍게 자기 팔에 문지르기 시작했다.

"오, 스테이터스에도 확실히 효과가 나오는군. 윤, 준비됐어."

"알았어. 그럼 시작한다. 〈엘리먼트 인챈트〉──아머."

나는 4등급의 수 속성 속성석을 사용한 인챈트를 타쿠의 방어구에 걸었다.

현재는 타쿠에게 물 내성 크림으로 [수 속성 내성(극소)]가 붙었지만, 인챈트로 [수 속성 내성(소)]가 어떤 식으로 붙을까. 그 결과는──.

"지금 바뀌었어. 효과가 덧씌워져서 [수 속성 내성(소)]가 되었어."

"즉, 윤의 〈엘리먼트 인챈트〉와 [속성연고]의 효과는 같은 영역의 강화네. 즉 효과가 덧씌워져."

이어서 다른 속성의 크림과 인챈트를 시험한 결과, 일시적인 방어 속성의 부여는 덧씌워진다는 결과가 나왔다.

"이 다음은 장비의 영구 부여 효과와 공존이 가능한가, 로군."

그렇게 말하며 타쿠는 인벤토리 안에 있는 각종 속성 방어 장비나 액세서리를 입고 스테이터스를 확인했다.

"아, 됐다."

"됐다, 라니, 반응이 가볍네."

"효과가 겹쳐졌으니까 좋은 일이잖아."

타쿠가 가볍게 결과를 말하자, 나는 무심코 한소리 하였다. 그 모습에 에밀리가 쓴웃음을 지으면서도 변호해주었다.

"그럼 결과는 장비의 영구 효과와 아이템이나 스킬의 일시적인 속성 내성을 중복시키면 그럭저럭 속성 내성이 생긴다는 소리네."

"내 일반 인챈트와 크림의 내성은 영역이 겹치지 않아. 그럼 인챈트 스톤과 크림의 세트 판매가 가능하겠네."

우리는 [속성연고]의 검증 결과를 정리했지만, 나 자신에게는 다소 불만이 남았다.

"왠지 내 〈엘리먼트 인챈트〉와 [속성연고]의 영역이 겹치니까 별로 쓸만할 것 같지 않은데."

"그건 어쩔 수 없지 않을까? 아직 뭐라고 할 수 없지만, 효과의 지속시간의 차이 같은 걸로 어느 쪽이 나을 수도 있잖아."

"그래. 게다가 모든 속성의 크림이 다 안정적으로 생산될지도 문제야."

[아트리엘]에서는 쓰기 쉬운 아이템을 저렴하게 제공하면서도 효과가 강한 아이템도 그럭저럭 팔고 있으니, 성능이 불규칙하면 나로서는 별로 기분이 좋지 않다.

"어디서 안정된 내성을 얻을 수 있는 소재 없을까?"

"……저기, 윤. 〈엘리먼트 인챈트〉와 〈속성연고〉가 같은 영역의 강화라면 속성석으로도 할 수 있지 않을까? 등급도

5등급부터라서 효과를 알기 쉽잖아."

"……그래. 그 생각은 못 했네."

에밀리의 지적에 얼른 시험해보았다.

베이스 크림에 잘게 바순 4등급의 지 속성석을 섞어서 [속성연고]를 만들었다.

지 내성의 크림 [소모품]
[지 속성 내성(소)]

"고마워, 에밀리. 성공했어."

"별말을. 이걸로 또 속성석의 수요가 높아졌어."

즐거운 듯이 웃는 에밀리를 보고 상인혼이 투철하다고 생각하면서 나는 쓴웃음을 지었다.

"그럼 두 사람의 고민도 해결되었으니 슬슬 탐색과 검증을 계속해볼까?"

탐색은 고원 에어리어에 자리 잡은 거대한 바위산에서 채굴되는 아이템의 확인. 그리고 검증은 〈엘리먼트 인챈트〉와 [속성연고]의 효과 지속 시간을 확인하는 것이다.

이걸로 각각의 장점을 알 수 있겠지.

"타쿠한테는 화 내성 크림. 에밀리한테는 화 속성 인챈트를 할게."

"알았어."

"간다. 〈엘리먼트 인챈트〉──아머."

타쿠에게 메이지 고트의 뿔로 만든 크림을 주고, 에밀리에게는 4등급의 속성석을 사용한 화 내성 인챈트를 걸었다.

어느 쪽도 똑같은 [화 속성 내성(소)]의 상태지만, 얼마나 효과가 계속될까.

"좋아! 탐색 재개다! 저 바위산으로 가자."

타쿠가 선두에 서서 거대한 바위산을 향해 걸었다.

도중에 조우하는 적을 우회하면서 다가갔다. 중간에 약초 군생지 등도 발견해서 채취하면서 전진했기 때문에 속도는 느렸다.

멀리서 보았기 때문에 그 정확한 크기를 몰랐는데, 다가가서 보니 고원에 자리 잡은 바위산의 상부에는 코카트리스의 둥지 같은 것이 있고 때때로 거기서 하얗고 통통한 닭이 날아올랐다.

"닭에 소, 염소라, 분위기만 보면 목가적인데."

"조우하는 적 전부가 선공형이라, 접근하면 바로 전투니까 쉴 수 없는 건 힘들어."

나와 에밀리는 그 점만이 아쉽다고 생각하면서도 바위산을 향해 전진했다.

그리고 타쿠는 바위산의 이변을 제일 먼저 알아차렸다.

"윤, 에밀리. 뭔가 이상해. 무기 준비해."

"어? 타쿠?"

"시간이 없어. 얼른!"

"얼른이라니, 꺄악?!"

우리가 주저하는 사이에도 타쿠가 느낀 이변은 커다란 흔들림이란 형태로 나타났다. 나와 에밀리는 서 있기도 힘든 가운데, 타쿠만이 두 자루 장검을 뽑고 거대한 바위산을 올려다보았다.

"——바위산이 움직인다!"

타쿠의 옆얼굴이 굳은 것처럼 보이고, 그 시선 끝에 있는 바위산이 진동하기 시작했다.

그러자 바위산 밑에서 굵고 짧은 갈퀴발톱을 가진 손발과 짧으면서 딱딱한 질감의 꼬리, 그리고 턱끝이 뾰족하게 솟은 거북이의 머리가 나타났다.

저 바위산이 몬스터였다는 사실에 놀라서 올려보았다.

이전에 쓰러뜨린 대형 보스인 환수포식자, 가름 팬텀, 카니발 플랜트가 다 무색해지는 크기.

그야말로 산 같은 존재였다.

"초거대 육지거북형 몬스터——그랜드 록인가."

타쿠의 말을 듣는데, 다음 순간 그랜드 록에게서 포효가 일었다.

[우아아아아아아아아——]

찌르르 대기가 떨리고 귀를 막으며 저항하는 폭음에 맞춰서 주위 몹들이 소란 피우기 시작했다.

이 고원 에어리어에 있는 몬스터 전부에게 [분노]의 상태 이상이 발현하였다.

"이런. 일단 도망치자!"

"타쿠! 도망친다니 어디로!"

"됐으니까 도망쳐! 이대로 있다간 포위되어서 짓눌려버린다고!"

눈에 띄는 몹은 [분노]에 따라 앞뒤 없이 고원에서 날뛰기 시작했다.

또 단독으로 존재했던 스틸 카우는 무리로 달리기 시작하고, 본디 무리 짓는 메이지 고트는 더욱 숫자를 늘렸다.

멀리 숲속에서도 소나 염소, 닭 같은 고원의 몬스터들이 나타나기 시작하여, 넓은 고원에서는 서서히 몹의 밀도가 높아지기 시작했다.

"분명히 이거 위험하겠어. 타쿠, 어디로 도망칠지 찍어놨어?"

"에어리어 바깥으로 도망치든지, 몬스터가 다가오지 않는 그랜드 록 근처로 갈 수밖에 없잖아!"

타쿠의 말에 눈을 돌려보니 움직이기 시작한 그랜드 록의 주위에는 몬스터가 모여 있지 않았다.

우리가 있는 장소는 그랜드 록과 에어리어의 출구의 딱 중간. 이대로 나아갈지 물러날지 생각할 시간조차 주어지지 않았다.

"왠지 소떼가 이쪽으로 오는데!"

이쪽을 향해 똑바로 달려오는 사나운 소들. 그 선두에는 시뻘건 빛에 한층 체격이 좋은 몹이 있는데, 거기에 정신 팔 때가 아니었다.

어떻게든 두 사람과 함께 그 무리를 피해서 에어리어 밖을 향해 달렸다.

그랜드 록의 포효 이전과 비교해서 소떼의 움직임이 직선적이 되었지만, 그야말로 해일이었다. 한 번 휘말리면 끝장이다.

"움직일 때는 옆으로 피해! 절대로 소의 진행방향으로 도망치지 마."

"알고 있어! 이번에는 왼쪽에서 온다!"

다시금 덮쳐드는 소떼를 피하면서 [하늘의 눈]으로 회피하려는 순간, 또 선두의 시뻘건 몹을 보았다.

그건 스틸 카우와 전혀 다른 형태의 몹으로, 아이언 카우라는 보스 몹이라는 걸 확인했다.

나는 달리면서도 주위를 확인하자, 멀리서는 한층 큰 뿔을 가진 메이지 고트나 그랜드 록의 등 꼭대기에는 열 배나 되는 거대한 코카트리스가 보였다.

"어떻게 되어먹은 거야, 이 상황은!"

"윤! 또 소가 온다!"

"──?!"

주위를 보며 투덜대며 달리던 나는 어느 틈에 타쿠와 에밀리와 거리가 떨어져버렸다. 옆에서 나타난 소떼를 피하기 위해 반대쪽으로 뛰었을 때, 간신히 휘말리지 않고 피할 수 있었지만 두 사람과 분단된 것이다.

"타쿠! 에밀리!"

"윤, 일단 도망쳐! 그랜드 록으로 올라가!"

"타쿠, 메이지 고트떼야! 윤, 무사하거든 나중에 포털 앞에서 만나!"

에밀리가 경고를 날린 순간, 나와 두 사람 사이에 거대한 불길의 벽이 생겼다.

이 몹들의 맹공 속에 계속 한 곳에 있어선 안 된다.

나는 불길 저편에서 에어리어 밖을 향할 터인 두 사람과 정반대로 그랜드 록 쪽을 향해 달렸다.

●

——그랜드 록으로 올라가라.

타쿠의 말을 믿고 나는 거대한 육지거북을 향해 달렸다.

하지만 그걸 가로막듯이 적이 상공, 지상, 원거리에서 나를 향해 공격해댔다.

"칫, 〈인챈트〉——스피드!"

인챈트로 보다 속도를 강화하면서 멀리서 메이지 고트떼가 날리는 마법의 탄막을 바라보았다.

[하늘의 눈]으로 연장된 체감시간 속에서 계속 피했지만, 배후의 사각에서 코카트리스의 칼날바람을 맞은 충격으로 휩쓸리듯이 앞으로 날아갔다. 직후에 방금 전까지 있던 장소에 메이지 고트떼의 불 마법이 쏟아지는 것을 보았다.

"휴우, 위험했다. 저건 아무래도 못 피해."

나는 일정 속도로 달리고 있고, 분노 상태로 행동이 단순해진 스틸 카우 이외의 몹들은 분노 상태 속에서도 이쪽의 진행방향을 읽었다.

"이 레벨의 몹들은 예측해서 공격하는구나."

그렇다면 나는 의도적으로 한 단계 속도를 늦추었다.

그리고 단조로운 회피를 계속하여 상대가 예측지점을 좁히게 하고, 거기에 공격을 집중시켰다.

"완급을 주면서 단숨에 가속!"

노래하듯이 인챈트 상태의 7할 속도를 유지하면서 [하늘의 눈]으로 적의 움직임을 관찰했다.

적이 공격 모션에 들어간 순간에 [하늘의 눈]으로 연장된 체감시간에 맞추어서 최고 속도를 내어 공격 후의 빈틈을 찌르는 형태로 적을 따돌렸다.

메이지 고트와 코카트리스의 공격을 빠져나가고, 다음에 오는 스틸 카우떼를 발견했다.

통상시보다 더 흉포해진 스틸 카우가 돌진해 왔다. 상당한 속도로 달려오는 스틸 카우들을 뿌리칠 자신은 없고, 여기서 또 발이 묶였다간 방금 전에 따돌린 대량의 코카트리스와 메이지 고트가 쫓아온다.

"뒤쪽의 몹들도 붙으면 아무래도 따돌릴 자신은 없어."

지금 상태도 나 혼자서 상대할 수 있는 아슬아슬한 숫자다. 물론 쓰러뜨리는 게 아니라 살아남는 게 전제다.

빈약한 내가 눈앞의 스틸 카우의 돌진을 피하지 못하면

바로 깔려죽을 게 훤했다.

"그 말은 즉 도망치는 게 이기는 거야!"

내 오른쪽에서 진로를 가로막듯이 돌진해 오는 스틸 카우들. 여기를 빠져나가지 못하면 그랜드 록에게 갈 수 없다. 어떻게든 돌파해야만 한다.

나는 완급을 주기 위해 늦췄던 속도를 회복하면서 속도 상승의 강화환약을 꺼내서 삼키고 두 손에 매직 젬을 들고 최고 속도로 달렸다.

스틸 카우떼가 내 앞을 가로막기 전에 빠져나가고 싶었지만, 그게 늦었다고 판단했을 때에도 속도를 늦추지 않고 뛰어오르기를 택했다.

"——〈클레이 실드〉!"

내 바로 밑에 흙벽을 만들고, 솟구치는 흙벽을 발판으로 삼아서 크게 뛰었다.

아래쪽에는 스틸 카우떼가 달리고, 뒤에서는 코카트리스와 메이지 고트가 쫓아온다.

비거리가 부족해서 소떼 안에 떨어질 것 같은 순간 두 손의 매직 젬을 던지고 키워드를 외웠다.

"——[봄]!"

공중에서 폭발한 매직 젬의 폭풍을 등으로 받으며 나는 공중에서 가속했다.

이전에 했던 공중 대점프의 재현으로 비거리를 벌었다.

"휴우, 무사히 착지했다."

나는 균형이 무너진 몸으로 지면에 손을 짚으면서도 간신히 계속 달렸다.

슬쩍 뒤를 보니 급격한 방향전환이 불가능한 스틸 카우떼가 나를 쫓아온 메이지 고트의 진로를 방해하였다.

공중에서는 다음 공격을 준비하려고 코카트리스떼가 모여들었고, 나는 [하늘의 눈]으로 그걸 확인했다.

"터져라! ──〈존 봄〉!"

[하늘의 눈]으로 범위 확대된 마법은 공중에서 편대를 짜고 날던 코카트리스 집단을 개별로 폭파했다.

편대비행의 밀집도로 마법의 연쇄 대미지가 누적되어 차례로 추락하는 코카트리스. 이걸로 그랜드 록까지의 장해물을 모두 배제할 수 있었다.

"좋아, 성공이다! 남은 건 그랜드 록으로 도망가기만 하면 돼."

조금만 더 가면 거대한 육지거북에게 도착한다. 그 정도로 접근하자 산발적으로 덮쳐들던 몹들도 차례로 물러났다.

"……몬스터들이 물러나?"

그랜드 록의 옆까지 다가오자 공격하는 적은 없어지는 한편, 거대한 육지거북이 지면을 끄는 소리와 흙먼지가 보였다.

잘못 접근했다간 그 다리나 꼬리에 깔릴 것 같아서 무섭기 때문에 그랜드 록에서 일정 거리를 두고 나란히 달리면서 그 낌새를 엿보았다.

이 시점에서 적은 상공의 코카트리스뿐인데, 그것은 그랜드 록의 등에 있는 바위산의 둥지로 돌아가기 때문에 이쪽을 보지도 않았다.

다만 올려다본 코카트리스 중에서 한층 거대한 개체가 있던 것 같았는데, 바로 절벽 그늘에 들어가서 보이지 않게 되었다.

"열 배 정도 큰 코카트리스? 아까도 멀리서 보였는데 잘못 본 게 아니었구나."

다시금 올려다보았지만, 이미 그 모습은 확인할 수 없었다. 그보다 눈앞의 일을 얼른 결정해야만 했다.

"어쩐다. 이대로 이 상황이 끝날 때까지 계속 달려야 하나."

그건 그거대로 귀찮다고 생각하면서 목이 아플 정도로 올려다보며 관찰하자, 그랜드 록의 등에 바위산 전체를 나선처럼 도는 가는 산길이 몇 개나 뻗어 있었다.

발판으로는 조금 불안하지만, 세이프티 에어리어 대용은 되겠다.

나는 마음을 굳히고 그랜드 록의 등으로 뛰어올랐다.

나란히 달리면서 점프하다가 미끄러질 뻔했지만, 간신히 달라붙어서 올라가보니 의외로 승차감은 나쁘지 않았다.

"의외로 제대로 되어 있네."

그랜드 록의 이동에 동반한 진동으로 떨어지지 않도록 근처 바위를 붙잡으면서 천천히 바위산을 올려다보고 올라갔다.

일단 안전을 위해서 [등산] 센스와 등산용 장비를 장착하고 바위산에 말뚝을 박아가면서 조금씩 전진했다.

바위산 전체의 1할도 못 갔을 때 가는 산길이 넓어지고 6인 파티가 쉬기에 충분한 공간에 도달했다.

"이 정도로 넓으면 조금 안심일지도. 간단히 떨어지진 않겠고. 그렇긴 해도 이 녀석은 어떻게 된 거지?"

근처 바위표면을 툭툭 두들긴 나는 일단 바위산 정상을 올려다보았다.

멀리서 보았을 때는 거대한 바위산 오브젝트라고 생각했는데, 실제로는 초대형의 몬스터고, 그게 움직이는 것과 연동해서 폭주를 시작한 필드의 몬스터들.

"이런 정보는 좀 사전에 알았으면."

나는 그랜드 록의 등에 올라타고 슬며시 한숨을 내뱉었다. 하지만 말로 하고 보니 다른 생각이 떠올랐다.

최전선 플레이어나 공략조라고 불리는 플레이어는 그런 정보 없이 새로운 에어리어에 발을 디디는구나. 그러니까 정보 따윈 없는 게 당연하다. 그것이 이번에는 우리 차례였을 뿐이다.

"그렇긴 해도 이 소동은 언제까지 계속되는 거야?"

원시 능력이 있는 [하늘의 눈]으로 멀리까지 바라보았는데, 고원 에어리어에 늘어난 몹들의 폭주는 수습될 조짐이 없었다. 어떻게 해야 수습될 건지도 짐작이 가지 않았다.

현재 상황은 고원 에어리어의 몹들이 [분노] 상태이상이 발생하여 날뛰는 중이다.

ATK나 INT 같은 공격 계열 스테이터스의 상승과 DEF나 MIND 같은 방어 계열 스테이터스의 저하가 일어나고 아주 호전적이 되는 정신 계열 상태이상이다.

그것이 시간 경과로 회복될 조짐도 없었다.

"뭐, 생각만 해도 수가 없다. 이 주변을 조금 조사하자."

타쿠와 에밀리와 함께 조사할 예정이었지만, 혼자서 되는 데까지 하자.

"어디, 뭐가 나오려나."

등산용 장비로 벨트의 칼집에 식칼을 꽂고, 채굴용 각종 곡괭이를 확인했다.

그랜드 록의 등에 있는 산길 같은 길을 쓰지 않고, 바위벽에 손을 대고 이동하기 시작했다.

때때로 흔들리는 것 이외에는 공격해 오는 몹이 없기 때문에 적당하게 휴식을 반복하면서 넓은 공간의 주위를 조사하였다.

언뜻 볼 때 그랜드 록을 오르기 위한 나선 모양의 길이 몇 개 있고, 거기서 벗어난 바위나 널찍한 휴식 공간에는 채굴 포인트를 찾을 수 있었다.

"너무 올라가면 돌아갈 때 고생일 테고, 코카트리스의 둥지랑 너무 가까운 것도 무섭지. 이 정도에서 광석 샘플이나 모을까."

나는 널찍한 휴식 공간으로 돌아가서 채굴 포인트 앞에 섰다.

비교적 채굴하기 쉬운 환경이기 때문에 큼직한 곡괭이도 휘두를 공간이 나왔다.

"좋아, 간다——?!"

평소처럼 휘두른 곡괭이를 채굴 포인트에 꽂았는데 튕겨났다.

"뭐야, 손이 다 저리잖아."

찌릿찌릿 손이 저리기 때문에 일단 손을 곡괭이에서 떼고 흔들어서 진정시켰다.

그리고 이번에는 곡괭이가 부서지지 않도록 신중하게, 그리고 세게 광석을 캐냈다.

이상하게 단단한 채굴 포인트는 아주 효율도 안 좋아서 15개의 광석이 들어온 시점에서 곡괭이가 깨졌다.

"우와, 철곡괭이가……. 이거 NPC가 파는 것 중 제일 좋은 건데."

그 뒤에도 농기구 취급인 작은 곡괭이까지 전부 깨뜨려면서 합계 27개의 광석을 입수했다.

이럭저럭하는 사이에 그랜드 록의 진동 간격이 서서히 길어지는 것처럼 느껴지고, 아래쪽에서 벌어진 몹들의 폭주가 서서히 수습되었다.

고원 에어리어에 새롭게 늘어났던 몹들은 에어리어 밖의 숲속으로 달려가고, 내 머리 위에서는 하얀 덩어리 같은 코카트리스떼가 그랜드 록의 등에 있는 바위산 중턱에서 정산 부근에 있는 둥지로 돌아가는 게 보였다.

그 타이밍에 타쿠에게서 프렌드 통신이 들어왔다.

[윤, 무사해?]

"그래, 간신히 그랜드 록까지 올 수 있었어. 타쿠와 에밀리는?"

[우리도 무사히 고원 에어리어 밖으로 나왔으니까 무사해. 몹의 폭주도 수습된 모양이니까 윤도 돌아올 수 있을 거야.]

"알았어. 금방 갈게."

나는 드디어 움직임을 멈춘 그랜드 록의 등에서 내려와서 고원 에어리어 입구 부근에 있는 포털로 향했다.

거기에는 타쿠와 에밀리가 기다리고 있었고, 나는 두 사람의 무사한 걸 가까이서 확인하게 위해 서둘렀다.

"둘 다 무사해서 다행이야."

"여어, 나는 무사해."

"오히려 재미 본 사람이 무슨 소릴까."

타쿠는 웃으면서 맞아주었지만, 그런 타쿠를 향해 새된 눈을 하는 에밀리. 내가 없는 동안에 무슨 일이 있었던 모양이다.

"무슨 일 있었어?"

"나는 도망치는 사이에 윤이 건 화 속성 〈엘리먼트 인챈트〉가 떨어졌는데, 타쿠의 불 내성 크림의 지속 시간은 길었으니까 그대로 고원 에어리어의 바깥을 따라 돌 듯이 몹이랑 싸웠어."

"화 속성 내성이 있었으니까 메이지 고트떼도 낙승이었지! 보스도 잡아서 강화소재나 드랍템도 듬뿍!"

"보스라니 뭐야! 그보다 위험하잖아!"

타쿠가 자신만만하게 말했지만, 몹들이 [분노] 상태라서 위험한 때에 무슨 짓을 하는 걸까 싶어서 기가 막혔다.

"보스라고 하니까 말인데, 왠지 이름이 좀 다른 스틸 카우가 있었어. 분명히 아이언 카우였던가……."

"그래. 통상시와 달리 그때 한정으로 나타나는 상위 몹 타입의 보스일지도. 소 모양의 몹인 스틸 카우의 보스인 아이언 카우. 염소 모양 몹인 메이지 고트의 보스인 위록 고트. 닭 모양 몹인 코카트리스의 보스만큼은 확인할 수 없었는데. 분명 있겠지."

"코카트리스의 보스가 있다면 저기일까."

시선 끝에는 활동 정지 상태인 그랜드 록과 그 등의 바위산 상부에 둥지를 튼 코카트리스. 그랜드 록에게 다가갔을 때 슬쩍 커다란 코카트리스의 그림자가 보인 듯했는데, 그건 기분 탓이 아니었을지도 모른다.

"그래서 윤은 바위산까지 가서 뭐 좀 알아냈어?"

"저 바위산 중턱까지 못 올라갔어. 다만 산길 같은 길이랑 채굴 포인트를 찾은 정도. 잘 모를 광석이 들어왔는데, 채굴 포인트가 엄청 단단해서 곡괭이가 깨졌어."

그렇게 말해서 깨져서 끝이 부러진 곡괭이를 보여주자 타쿠와 에밀리는 눈을 치뜨며 놀랐다.

"보통 곡괭이로는 부족하려나. 새로운 곡괭이에 대해 마기 씨랑 이야기해봐야지."

"[오픈 세서미]에 갈 거면 나도 갈게. 어떤 광석이 들어온 건지 알고 싶으니까. 에밀리는 어쩔래?"

"나는 패스. 이번 일로 비행능력이 조금 더 강한 몹이 필요해졌으니까 그걸 합성하는 연구를 할래. 저 높은 바위산을 올라갈 만한 비행능력이 있으면 광석 채굴이 편해질 테니까. 다행스럽게도 코카트리스의 깃털과 피가 제법 손에 들어왔고."

기쁜 듯이 대답하는 에밀리. 도망치는 동안에 처치한 몹이 제법 많았던 모양이다.

"그럼 결정났군. 지금은 일단 휴식하고 오늘밤 정도에 [오픈 세서미]에 갈까."

"그래. 나는 일단 [아트리엘]로 돌아갈게."

그렇게 말하고 에밀리와 헤어지고, 타쿠와는 [아트리엘]까지 함께 가서 밤에 만날 시간 등을 맞춘 뒤에 휴식을 위해 로그아웃했다.

5장 다마스커스와 [속성연고]

밤, 타쿠와 약속을 하고 사전에 마기 씨에게 연락을 넣어서 [오픈 세서미]를 찾아갔다. 우리는 NPC 점원에게 말을 걸어서 안쪽 공방에서 작업 중인 마기 씨를 불러다달라고 했다.

"아, 윤 군과 타쿠 군이 나란히 오다니 어쩐 일이래. 페어링이라도 만들러 왔어?"

"분명히 신기한 일이긴 하지만, 타쿠와 페어링은 아닙니다."

나는 딱 잘라 부정하고 이번 용건을 짧게 설명했다.

"이번 목적은 블루라이트 광석 연구의 진보 상황 확인과 샘플 보충이에요."

"윤 군, 고마워! 받은 걸로 대충 요령을 잡았는데, 주괴로 만든 건 아직 많지 않아."

"그럼 새로운 광석을 드릴게요."

마기 씨에게 새로 입수한 블루라이트 광석을 맡겼다.

"응. 이걸로 윤 군에게 무기를 만들어서 줄 수 있겠어."

"다행이네. 새 무기를 입수할 수 있겠어."

타쿠는 내 등을 두들기며 기뻐했지만, 나는 아마 쓸 기회가 많지 않을 거라고 생각했다.

그리고 또 다른 용건을 말하였다.

"또 다른 이유는 조금 봐주셨으면 하는 게 있어서요."

나는 그렇게 말하고 그랜드 록의 등에 있는 단단한 채굴 포인트에서 채굴해온 미지의 아이템과 망가진 곡괭이를 마기 씨에게 보여주었다.

"이게 오늘 어느 채굴 포인트에서 입수한——[적층탄]과 [황제육지거북의 등껍질 조각]이라는 아이템이에요. 그리고 그 채굴 포인트를 팠더니 곡괭이가 망가졌어요."

테이블에 놓은 것은 13개의 [적층탄]과 2개의 [황제육지거북의 등껍질 조각]이었다. 나머지 광석은 기존의 것이기 때문에 꺼내지 않았다.

아이템을 손에 든 마기 씨는 기쁜 듯이 표정을 풀면서도 한숨을 내뱉었다.

"윤 군은 어쩜 이렇게 내가 탐낼 만한 아이템을 적당한 타이밍에 가져오는 걸까. 누나는 곤란해."

"윤이 가져온 소재가 그렇게 좋은 소재야?"

내 대신 타쿠가 질문하고, 마기 씨는 거기에 대해 생각하면서 대답했다.

"어느 쪽이냐면 중간소재야. 고렙 에어리어에서 채굴할 수 있는 소재. 철광석과 [적층탄]을 써서 정제하면 우츠 강(鋼) 주괴를 만들 수 있어. 내구성과 ATK와 DEF가 높은 장비를 만들 수 있는 뛰어나면서 다루기 쉬운 소재야."

"우츠 강 무기라면 들은 적 있어. 분명히 [생산 길드]의 옥션에 출품되었지. 낙찰되는 걸 구경했어."

"그래. 타쿠 군의 말처럼 과거에 딱 한 번 출품되었어. 표면에 독특한 무늬가 나타나는 게 특징이야. 그걸 만든 건 나지만."

"역시 마기 씨가 만들었나."

"일단 몇 번 시행착오 끝에 만든 거지만, 그 우츠 강 무기는 너무 평범했으니까 나 자신의 오점이야. 옥션에서 눈길을 끌 상품이 없다고 클로드가 억지로 출품시켰어."

마지막에 미묘하게 원한 어린 마기 씨의 목소리에 소름이 끼쳤다.

마기 씨와 타쿠의 이야기를 들어보면 아마 마기 씨가 얽혔겠거니 싶었는데 진짜로 그렇다니.

나는 금속제 무기나 방어구를 별로 입지 않으니까 자세한 지식이 없는데, 소박한 의문을 한 가지 내놓았다.

"애초에 우츠 강이라는 게 뭐야?"

"어어, 우츠 강이란 건…… 판타지식으로 다마스커스라고 하면 알까?"

"어, 응. 왠지 들은 적이 있는 것 같은데."

우츠 강은 다마스커스의 별명이라는 걸로 납득했다.

"그래서 윤 군은 이걸 나한테 팔아주는 거야?"

"이야기를 듣기론 내 [세공] 레벨로는 다룰 수 없을 테니까 괜찮아요."

그렇게 결정하여 중간소재라도 제법 비싼 가격으로 [적층탄]을 거래하였다.

"저기, [적층탄]이 있다면 나한테 우츠 강 검을 팔아줄 수 없을까?!"

"아쉽게 됐네. 처음에 만드는 우츠 강 성능이 어중간한 건 내 자존심이 용납 못해. 그러니까 조금 기다려. 다음 걸 만들 때까지 우츠 강의 특성을 파악할 필요가 있으니까."

"그럼 [적층탄]이 더 많이 필요하겠군. 윤! 나를 위해 지금 당장 캐 와!"

"헛소리 하지 마. 내 곡괭이가 깨졌다고……."

그렇게 말하며 방금 전의 망가진 철제 곡괭이로 시선을 주자, 기다렸다는 듯이 마기 씨가 자신만만한 미소를 띠었다.

"후후후, 그런 윤 군에게 멋진 상품의 소개! 어떤 상황에도 대응할 수 있는 흑철제 곡괭이 3점 세트!"

그렇게 말하며 꺼낸 것은 철보다도 단단하고 튼튼한 흑철로 만든 곡괭이였다. 대중소의 3종 곡괭이는 상황에 따라 쓰기 편하도록 무게나 형태, 용도 등을 생각한 것이었다.

목제 손잡이의의 검은 곡괭이를 들어 올리자, 묵직하니 무게가 느껴지지만 작업에는 문제없을 듯했다.

"좋네요. 이거 필요해요."

"그럼 한 세트에 50만 G면 어때?"

"예, 살게요."

딱히 비싼 가격도 아니었기에 구입했다. 오히려 [적층탄]을 채굴하기 위해 필요불가결한 경비였다. 하지만 50만 G가 싸다고 느껴지게 되어 슬슬 금전 가치가 인플레를 일으킨 듯했다. 1000G를 벌겠다고 고생했던 날이 그립다.

"그럼 물건은 지금 줄게."

"수중의 돈은 조금 적으니까 선금으로 25만 G를 낼게요. 나머지는 가게에 있으니까 쿄코를 경유해서."

"응, 알았어. 뭐, 그게 아니더라도 윤 군의 위탁 판매 대금에서 빼면 되니까."

마기 씨는 농담을 했지만, 나는 메뉴를 불러서 NPC 쿄코에게 곡괭이 잔금 지불을 지시했다.

"그렇긴 해도 어떻게 이렇게 타이밍 좋게 곡괭이가 있어요?"

"그건 내 예비용으로 만든 곡괭이니까. 아까도 말했잖아. [적층탄]은 고레벨 에어리어에 나온다고. 그 에어리어에서 채굴하려면 흑철제 곡괭이가 필요했어. 그리고 마침 광석이 대량으로 들어왔으니까."

그러면서 내게 윙크를 보냈다. 그건 내가 가져온 흑철광석으로 만들었다는 소릴까.

"그럼 흑철제 곡괭이의 구입, 감사합니다. 그리고 다음에는 [황제육지거북의 등껍질 파편]이네. 이건 처음 보는 강화 소재니까 도무지 효과를 모르겠어."

매매 수속을 마친 마기 씨는 짧게 숨을 내뿜고 다음 아이템으로 눈을 옮겼다.

"그럼 적당한 무기에 추가 효과를 주어서 조사해볼까요? 평소에 쓰는 무기는 싫고."

내 메인웨폰에 잘 모르는 추가효과를 주어서 조사하는 건 싫으니까, 보통은 철검 등을 써서 조사하는데…….

"윤 군. 이럴 때는 이걸 써서 시험하면 돼."

마기 씨는 나와 타쿠의 눈앞에서 어떤 무기를 꺼냈다.

이전에 여름 캠프 이벤트에서 입수했던, 추가효과를 15개 이상 붙일 수 있는 마기 씨의 도끼였다.

마개조 무기로써 비슷한 활 [볼프 사령관의 장궁]의 존재를 떠올렸다.

"나는 평소에 이걸 미확인 강화소재를 조사할 때 써. 이른 바——강화소재 체커라고 할까."

타쿠는 옆에서 한숨을 내쉬며 '그거 본래 사용법하고 다르지 않아?'라며 한 소리 했다. 본래 사용법과 다르다는 점에는 동의하지만, 이것도 하나의 사용법이라고 납득이 갔다.

애초에 마기 씨는 자기 무기인 전투도끼를 따로 가지고 있다.

"혹시 강화소재의 효과가 좋으면 그대로 장비하면 되고, 상성이 나쁘면 없애면 되니까 낭비는 적을 거야. 윤 군, 시작해도 돼?"

"예, 부탁할게요."

나는 마기 씨가 자기 마개조 무기인 도끼에 강화소재인 [황제육지거북의 등껍질 조각]을 사용하는 것을 지켜보았다.

강화소재로 추가효과를 부여한 결과는 곧 나왔다.

부암용격 볼카랙스 [무기]──마법금속 용암류가 식은 것을 깎아낸 마법도끼.

ATK +30　　　　추가효과 : ATK 보너스, 물리공격 상승(소), 화속성 보너스 (중), 관통 대미지(소), HP흡수(극소), 자동회복(소), 내구력 향상(중)

　새로 효과가 추가된 무기의 스테이터스를 확인하고 나와 타쿠는 말을 잃었다.

　"새로운 추가효과는──[내구력 향상(중)]인가. 하지만 이 마개조무기는 내구력이 설정되지 않은 유니크 장비이기 때문에 필요 없어."

　마기 씨는 곧바로 추가효과를 삭제하였다.

　"아니, 아니, 분명히 [내구력 향상(중)]의 효과를 알 수 있었던 건 좋지만, 그 대량의 효과는 뭔가요?"

　"그거 이미 기본 스펙이 사기잖아. 분명히 실전 레벨의 무기잖아."

　나는 본 적도 없는 숫자의 무기 추가효과를 확인하고 감탄사를 올렸고, 타쿠는 부럽다는 듯이 마개조 무기를 바라보았다.

　"유효한 효과를 모았더니 이렇게 되었을 뿐이야. 아, 그렇지. 윤 군의 인챈트도 내친 김에 부탁해."

　"예? 저기, 그렇게 간단히 해도 되나요?"

　고개를 갸웃거리면서 마기 씨의 마개조 무기에 〈아이템

인챈트〉의 [ATK 부가]의 추가 효과를 걸자, 무기가 또 물리 공격에 특화되었다.

"고마워, 윤 군. 나머지 한 개는 어떻게 할까?"

"어떻게 하다니 뭘 말인가요?"

하나는 효과 확인을 위해 소비했고 남은 건 하나. 여기서 결정할 필요도 없다고 생각하는데…….

"그럼 윤의 곡괭이에라도 걸면 되지 않아?"

"곡괭이라니, 방금 산 흑철 곡괭이?"

내가 고개를 갸웃거렸다.

"그래, 오래 쓸 도구니까. 게다가 나중에 점검이나 업그레이드를 해도 추가효과는 사라지지 않고, 이번처럼 도중에 깨지는 일도 없겠지."

애초에 무기나 방어구에 [내구력 향상]을 붙일 공간은 거의 없다. 붙이면 그만큼 무기의 확장 리소스가 줄어들기 때문이다.

그런 의미에서 무기로써의 용도가 없는 곡괭이는 딱 좋겠지만…….

"애초에 곡괭이에 붙일 수 있나?"

"곡괭이는 무기의 일종이기도 하잖아. 도끼와 해머의 아종 같은 거지."

"게다가 내가 만들어 준 윤 군의 식칼도 도구와 무기 겸용이고. 나도 채굴 중에 적이 공격해 오면 그대로 곡괭이를 휘두르며 대처해."

타쿠와 마기 씨의 설명을 듣고 납득했다.

그리고 마기 씨에게 커다란 사이즈의 곡괭이에 [내구력 향상]을 받아서 강화했다.

"그럼 우츠 강 무기를 만들려면 [적층탄]이 아직 부족한데 더 가져다 줄 수 있을까? 그리고 내 곡괭이에도 [내구력 향상]이 필요하고."

"알겠습니다. 한동안 채굴에 집중할게요."

"고마워. 구매할 때 더 쳐줄 테니까."

당분간은 아직 부족한 블루라이트 광석과 [적층탄]을 중심으로 채굴하게 되었다.

"나도 간츠나 다른 이들의 [등산] 센스의 취득 상황을 확인해야 더 들어갈 수 있겠어."

타쿠는 기지개를 한 차례 켜고 그런 말을 흘렸다.

마기 씨는 처음 듣는 내용이기 때문에 다소 신기하다는 얼굴이었다.

"[등산] 센스?"

"예, 블루라이트 광석과 [적층탄]을 입수한 장소가 북쪽 에어리어의 절벽과 그 안쪽의 고원 에어리어라서……."

내가 대충 고원 에어리어나 그랜드 록 같은 초대형 몬스터에 대해 설명하자, 마기 씨는 뭔가 떠올린 것처럼 히죽 웃었다.

"저기, 타쿠 군. 그 [등산] 센스는 쉽게 딸 수 있어?"

"지금은 이반이라는 플레이어가 중심이 되어서 가르치

고 있어. 몇몇 파티나 지인의 등산 센스 소유자도 함께 가르치지."

"그럼 거기에 [대장] 센스를 가진 사람들도 들어가도 돼? 그래서 그랜드 록 등정 작전을 실행하게."

정상까지 올라가지 않더라도 채굴 포인트를 찾아서 광석을 대량으로 채굴하는 것만으로도 의미가 있다.

"어때?"

"응. 좋지 않을까? 나도 가르치는 쪽이 될 테고, 그 그랜드 록이 움직이는 조건을 조사하기 위해서 시간도 필요하니까."

"그럼 [생산 길드] 중심으로 이야기해서 타쿠 군 쪽에 나중에 자세히 이야기할게."

"왠지 이야기가 커졌어."

옆에서 조용히 듣고 있었는데, 아무래도 고원 에어리어 공략이 큰일이 되기 시작한 듯했다.

"그리고 윤 군한테는 도움을 부탁할 수 있을까?"

"도움이요?"

"뭐, 내 쪽에도 준비가 필요하니까. 그쪽도 또 다음에."

마기 씨는 내게 윙크를 날리고, 오늘 이야기는 그걸로 끝났다.

●

카앙, 카앙. 휘두르는 곡괭이가 채굴 포인트를 파고 광석을 캐냈다.

"후우, 이걸로 100개째로군. 이 단단한 채굴 포인트는 파기가 꽤 힘들어."

나는 광석을 줍고 하늘을 올려다보았다.

눈앞에는 높게 솟구친 바위산과 상공을 나는 뚱뚱한 코카트리스들.

"모으려면 시간이 꽤 걸리겠어."

마기 씨에게서 광석 채굴 의뢰를 받아 그랜드 록의 등이나 절벽 부근의 채굴 포인트를 계속 팠다.

처음에는 그랜드 록의 포효가 없을까 걱정했는데, 정해진 주기가 있는지 내가 채굴하는 동안에는 발생하지 않았다.

하지만 바위산에서는 코카트리스가, 절벽에서는 에어로스네이크와 벙커비가 공격해 오는 것을 상대해야만 해서 전투 계열 센스가 의외로 잘 올랐다.

"사흘 동안 모은 광석은 블루라이트 144개와 [적층탄]이 101개. 그리고 [황제육지거북의 등껍질 조각]이 8개인가. 예전 채굴은 운이 좋았네."

그렇게 말해도 이것들은 사흘 동안 파낸 광석의 3분의 1이고, 나머지 3분의 2는 철이나 은, 보석, 흑철 등 대수롭지 않는 것뿐이었다.

강화소재인 [황제육지거북의 등껍질 파편]은 출현률이 낮은 아이템으로, 입수가 귀찮고 시간이 걸린다. [페어리링]의 레어 드랍률 상승효과가 없다는 게 조금 아쉽지만, 시간을 들이면 상당한 숫자를 모을 수 있었다.

"자, 마기 씨와의 약속시간이 다 되었으니까 돌아가야지."

나는 일단 포털을 경유하여 [아트리엘]로 돌아갔다가, 거기서 마기 씨의 [오픈 세서미]를 찾아갔다.

"마기 씨! 안녕하세요."

"아, 윤 군. 시간 맞춰 왔네."

빙그레 웃으며 맞아주는 마기 씨.

"미안, 준비에 사흘이나 걸려서."

"그건 괜찮은데, 슬슬 무엇을 도와달라는 건지 가르쳐줄 수 있나요?"

사흘 전에 마기 씨는 자세한 내용을 가르쳐주지 않았기에 다시금 그 내용을 물었다.

"그때는 타쿠 군이 있었으니까. 신뢰할 수 있는 생산직 이외에는 카드를 안 보여줄 거니까."

그러면서 나를 공방 쪽으로 데려가는 마기 씨. 그리고 공방에는———.

"저 화로의 상태는 대체 뭔가요?!"

내가 가리키며 외친 것은 마기 씨의 공방에 설치된 마법로의 화력 때문이었다. 내 공방에 설치된 것과 같은 것일 텐데 전혀 다른 걸로 보일 정도로 강력한 화력을 가졌고, 그 바람에 화로 주변의 공기가 흔들렸다.

화로 주변에 열기 차단의 결계가 없었으면 공방 전체에 불이 날 정도의 열기겠지.

"그건 이제부터 설명할게. 윤 군한테는 내 대장장이 작업을 거들어줬으면 해."

"대장장이 작업을 거들다니, 난 무기 못 만드는데요."

내 센스는 액세서리 등을 만드는 [세공]이기 때문에 주괴 정련에는 쓸 수 있지만, [대장] 센스로 무기나 방어구를 만들 때는 쓸 수 없다.

"물론 알고 있어. 부탁하고 싶은 건 우츠 강의 주괴 작업을 도와달라는 거야. 2인 1조가 되어서 금속을 때리는 단조 작업을 부탁하고 싶어."

"단조?"

"그래, 내가 이 커다란 망치로 때려서 금속의 불순물을 제거하고 질을 다듬어. 그리고 윤 군이 이 작은 망치로 때려서 형태를 가다듬고 위치를 조절해."

그렇게 말하며 마기 씨가 건넨 것은 흑철제 대장장이 망치였다.

마기 씨는 허리를 낮추고 두 손으로 망치를 휘둘렀다. 분명히 혼자서는 큰 망치에서 작은 망치로 바꿔드는 사이에 금속이 식어버린다.

"그러면 구체적으로 뭘 하면?"

"일단은 연습일까? 우리의 호흡이 딱 맞을 필요가 있고. 게다가 화로 앞은 우츠 강을 만들기 위해 필요한 온도를 유지하고 있으니까 거기에 익숙해져야 해."

그렇게 말하며 화로 앞으로 한 걸음 다가가는 마기 씨.

그 직후에 나는 눈을 의심할 만한 광경을 보았다.

"마기 씨! HP가 줄어들고 있어요! HP!"

"그야 지금 최고화력이니까."

돌아보며 웃는 마기 씨였지만, 이마에 희미하게 땀이 맺혀있었다.

"그런 건 됐으니까 돌아오세요!"

화로 앞까지 다가간 마기 씨의 손을 잡고 원래 위치로 돌아왔다. 나도 열기를 받았지만, 마기 씨 이상으로 HP 감소가 심했다.

"왜 화력이 이 정도인데요?"

"내 MP 대부분을 화로에 투입하고 불의 정령의 화력 업 효과랑 트렌트 우드의 목탄을 연료로 한 화력이야. 화 속성에 내성이 없으면 HP에 대미지를 입을 정도지만."

마기 씨는 [화 속성 재능] 센스로 화 속성 마법과 그 속성 내성을 얻었다. 하지만 그걸 웃도는 화력이 필요하다니 정말로 뭘 만들려는 거지?

"마기 씨, 정말로 그냥 우츠 강 주괴를 만들려는 것 맞나요?"

"아하하, 역시 알아차렸어?"

"전에 한 번 성공했으니까 같은 방법으로 할 수 있지 않나요?"

"전이랑 같은 방법이 싫어."

그렇게 말한 마기 씨는 커다란 판 하나를 꺼냈다. 그건 묵직하니 무거운 철, 아니, 강철판이었다.

"전에는 이 강철을 얇게 재단해서 층을 만들 듯이 [적층탄]을 붙여서 주괴 하나로 만들었어. 그 결과는 조악한 7층짜리 우츠 강이 되었어."

그렇게 말하며 시작품은 7층짜리 우츠 강을 꺼냈다.

"우츠 강은 몇 겹이나 겹친 층에 따라 독특하고 아름다운 나뭇결무늬가 특징인 금속. 하지만 내 방식이면 층의 숫자가 적고, 몇 번이고 녹여서 접으려면 화로의 화력이 부족했어."

"그럼 이번 방식은?"

"강철과 [적층탄]이 섞이는 온도에서 몇 겹이나 접어서 층을 만드는 거야."

한 차례 접으면 층의 숫자는 두 배가 된다. 그리고 그걸 거듭하면 아름다운 나뭇결무늬의 우츠 강을 만들 수 있다.

"그러니까 윤 군. 힘과 지혜를 빌려줄래?"

"알겠어요. 전력으로 도울게요."

"윤 군, 고마워. 그럼 얼른 단조 연습을 시작해야지!"

그렇게 말하고 마기 씨는 광석 몇 개를 꺼내어 작업 준비를 시작했다.

내가 이번에 채굴한 광석을 모두 마기 씨가 사들여서 이번 연습 재료로 삼았다.

"나와 윤 군의 도구에 [내구력 향상(중)]의 추가 효과를 붙여서. 자, 윤 군, 시작한다!"

망치를 든 마기 씨와 작은 망치를 손에 든 나는 화로 앞에서 마주 보듯이 서서 준비했다.

화로에 투입한 금속이 녹아서 주괴 거푸집에 흘러들었다.

"일단은 가볍게 보통 철부터 시작해서 다음은 질 좋은 철, 그리고 은, 강철, 흑철, 블루라이트란 느낌으로 연습할까!"

"알겠어요. 언제 시작해도 괜찮아요."

화로의 열기를 슬금슬금 받는 우리는 거푸집에서 나온 주괴를 향해 섰고, 마기 씨가 첫 망치질을 내리쳤다.

그걸 신호로 망치질이 시작되었다.

맑은 금속음과 시뻘겋게 튀는 불꽃. 이마에서 솟구치는 땀을 느끼면서 나는 뜨거운 철에서 눈을 떼지 않고 마기 씨에게 맞추어서 철을 두들겼다.

흑철 망치로 세게 두들겨 맞은 철을 내가 작은 망치로 두 번 두들겨서 위치를 조정, 다시 마기 씨의 망치가 내리쳤다.

센스의 모션 어시스트로 어느 타이밍이 최적인지 알았지만, 귀찮은 건 열기의 대미지였다.

공방에 울리는 금속 두들기는 소리와 충만한 열기, 흘러내리는 땀. 집중을 흩뜨리는 그런 요소를 의도적으로 배제하고 눈앞의 달궈진 철을 바라보았다.

그리고 식기 시작했을 무렵에 일단 화로 안에 넣어서 붉은빛이 돌아오면 다시금 꺼내서 두들겼다.

보통 철로 시작해서 질 좋은 철도 무난하게 성공. 은은 내 공방에서도 가공했으니까 어떻게든 되었는데, 처음으로 걸린 것은 강철이었다.

"그럼 강철 주괴도 만들까."

"마기 씨, 그 강철 주괴를 만드는 법을 모르는데요."

내 말에 놀란 표정을 하는 마기 씨. 한 손에는 열기로 소모된 HP를 보충하기 위해 싸구려 블루 포션을 들고 있었는데, 색상 때문에 스포츠드링크로 보이기도 했다.

뭐, 그런 건 차치하고 문제의 강철 주괴 제작법인데…….

"아, 강철은 철광석으로 만든 철괴를 더욱 정련한 거니까."

불순물을 더 빼내어 순도를 높인 철이 강철이란 소리다.

"그러니까 기본은 철 계통이랑 같아. 다만 여기서부터는 조금 파워가 필요하지만."

그렇게 말하고 방금 전에 정련한 질 좋은 철괴를 다시금 화로 안에 넣고 녹기 시작한 금속을 두들겼다.

마기 씨가 망치로 때리고 내가 작은 망치로 형태를 잡았지만, 내 ATK 부족 때문인지 모양이 제대로 나오지 않아서 울퉁불퉁한 주괴가 되었다. 어떻게든 수정하려고 힘을 넣고, 때리는 횟수를 늘려서 되돌리려고 했지만 실패로 끝났다.

"아……."

쨍 하고 깨지는 소리와 함께 빛의 입자가 되어 사라지는 금속덩어리.

"아차……. 나와 윤 군의 ATK 스테이터스 차이가 있나. 그러면 밸런스를 위해 내 스테이터스를 조정하는 편이 나을까? 그만큼 작업시간이 길어지지만."

마기 씨는 그렇게 중얼거렸지만, 우리가 목표로 하는 우츠 강 주괴는 난이도 있는 금속이다. 여기서 단조 기술을 타협했다간 좋은 주괴를 만들 수 없다.

"마기 씨, 괜찮아요. 〈인챈트〉──어택!"

나는 스스로에게 ATK 상승의 인챈트를 걸어서 능력을 끌어 올렸다.

부가 계열 센스의 레벨도 올라서 인챈트의 지속 시간이 길어졌기 때문에, 현재로는 정련 몇 번 정도의 시간 동안 계속할 수 있다.

"이걸로 될 거에요. 자, 계속 가죠!"

"그래. 이제부터 팍팍 주괴 제작의 난이도를 올릴 건데, 그때마다 반복연습과 시행착오를 해서 힘내자."

그리고 다시금 질 좋은 철괴를 정련하여 강철 주괴로 만드는 작업에 돌아갔다.

일단은 두 번째 도전에서 강철 주괴를 만들 수 있었지만, 마기 씨가 내게 맞춰준 상태여서 바로 다음 광석으로 가지 못하고 더 호흡을 맞추기 위해 강철 주괴를 계속 만들었다.

"이걸로 네 개째네. 좀처럼 흑철로 넘어가질 못 하네."

"허억, 허억……. 그러네요. 그 전에 휴식을."

계속 열기를 방출하는 화로 앞에 앉아 있었기 때문에 나와 마기 씨 모두 완전히 지쳤다.

휴식을 위해 열기 차단의 결계 밖으로 나갔다.

나 이상으로 땀을 흘려서 얼굴부터 목덜미, 쇄골부터 가슴으로 땀이 흐르는 마기 씨의 모습 때문에 눈 둘 곳이 곤란

했다. 또 노출도가 높은 천 장비가 땀을 먹어서 비쳐 보일 것만 같았다.

마기 씨와 비슷하게 나도 천 장비가 땀으로 젖어서 다소 비칠 것 같은 모습이었다.

HP 회복과 수분 보급을 위한 블루 포션을 마시면서 마기 씨는 파트너인 얼음 속성의 늑대 새끼인 리쿠르를 소환했다.

"아, 리쿠르의 냉기가 기분 좋아."

"좋겠다. 나도 얼음 좀 나눠줬으면."

온몸에서 냉기를 방출하는 강아지 같은 늑대를 껴안고 달아오른 몸을 식히는 마기 씨.

내 중얼거림에 리쿠르가 멍 하고 짖자, 내 목덜미에 딱 좋은 크기의 얼음이 만들어졌다.

"히익, 차가워! 하지만 기분 좋아."

리쿠르가 만들어낸 얼음을 목덜미나 이마에 대고 한숨을 흘렸다.

차가워서 기분 좋지만, 얼음이 녹으면서 생긴 물이 옷에 스며들어서 조금 불쾌했다.

"히익, 물 때문에 축축."

"아하하하, 역시 윤 군도 당했네."

"마기 씨, 알고도 말 안 했나요?"

"나도 한 번 같은 실패를 했으니까. 그러니까 몸을 식힐 때는 리쿠르를 껴안아."

그렇게 대답하고 휴식 종료로 판단하여 단조 작업에 대해 느낀 바를 서로 이야기했다.

"윤 군, 첫 단조 작업은 어땠어? 힘들었어?"

"뭐, 힘들죠. 마기 씨한테 방해나 안 되었을지 걱정이에요."

"윤 군은 충분히 성과를 냈어. 게다가 내가 치기 쉽도록 위치를 조절해줬으니까 아주 편했어. 무슨 요령 있어?"

요령이라도 해도 떠오를 만한 건 딱히 없었다. 구태여 말하자면……

"익숙하니까요."

"익숙해? 단조는 처음이었잖아."

"예, 하지만 남의 움직임에 맞추는 데에는 익숙하니까요. 뭐, 나 혼자서 할 실력이 없을 뿐이지만."

쓴웃음을 짓고 어렸을 적부터의 추억을 띄엄띄엄 말했다.

게이머인 타쿠나 뮤우, 그리고 세이 누나와 함께 빈번하게 게임을 했지만, 나 자신은 게임을 잘하는 게 아니다.

하지만 난전 상태에는 잘 움직이는 법을 배우고, 팀 배틀에서는 파트너의 움직임에 맞춰서 최대한 서포트한다.

그렇게 해서 열 번에 한 번 정도 좋은 승부를 벌일 정도가 되었다.

이번에도 그것과 비슷하게 마기 씨의 움직임에 센스의 모션 어시스트를 맞춰서 전력으로 서포트했다.

"그러니까, 그런 의미로는 익숙하구나 싶어서."

내가 말을 마쳤을 때 마기 씨는 턱에 손을 대고 길게 한숨을 내뱉었다.

"함께 망치질을 할 수 있는 것만으로도 상당한 플레이어 스킬이 요구되는데, 설마 그런 이유라니. 그리고 보면 어느 파티에서도 금방 움직임을 맞추는 훌륭한 서포트 능력을 보였지."

"마, 마기 씨? 괜찮아요?"

작은 목소리로 뭐라고 중얼거리는 마기 씨에게 조심조심 말을 붙였다.

"힘들거든 오늘은 이만 할까요?"

"아니, 괜찮아, 괜찮아. 다만 윤 군이 모를 뿐이지 능력이 높다는 게 얼핏 보였을 뿐이니까."

"그런가요?"

대체 내가 무슨 능력이 높다는 걸까. 센스 구성을 봐도 여기저기 손만 댔지 특화된 바가 없어서 딱히 눈에 띄는 능력은 없을 텐데⋯⋯.

"자! 다음은 흑철과 블루라이트로 단조 연습을 충분히 하고 우츠 강 주괴 작업을 위해 필요한 것을 확실히 파악하자!"

"예!"

의욕을 되찾은 마기 씨와 함께 주괴 작업에 착수했다.

또 마기 씨에게 화로를 빌려서 혼자 흑철과 블루라이트 주괴를 만들어 금속의 특징을 확실히 익히면서 마기 씨에게 액세서리 제작을 지도받았다.

"그래, 그렇게. 반지를 균일하게 만들고 접합면은 특히 주의 깊게 만들어. 보석 받침대는 나중에 만들어서 접합해도 괜찮으니까."

"후우, 후우, 후우……. 다 됐다!"

마기 씨의 조언으로 여태까지 내 식대로 했던 것보다 훨씬 효율적이 되어서 처음으로 흑철과 블루라이트 반지를 만들어낼 수 있었다.

흑철 반지는 심플한 구조고, 블루라이트 반지에는 받침대와 테두리에 은을 쓰고 아쿠아마린 보석을 살짝 배합한 여성적인 디자인을 의식하여 만들었다.

"잘 만들어졌네."

"고맙습니다."

흑의 가드링 [장식품] (중량 : 1)

DEF +12   추가효과 : DEF 보너스

청과 은의 미스틱링 [장식품] (중량 : 1)

DEF +7   INT +3   MIND +12

추가효과 : INT 보너스, 수 속성 향상(소)

두 반지의 스테이터스를 확인하고 나는 마기 씨에게 감사 인사를 하였다. 제법 좋은 효과 아닌가. 순수한 방어 보조인 흑철 반지와 마법 쪽에 가까운 스테이터스 보조에 블루라이트 광석이 본래 가진 추가효과가 발휘되었다.

나는 이 장비들에 맞는 수중의 강화소재를 인벤토리 안에

서 찾기 시작했다.

"[흑의 가드링]은 물리 특화. [청과 은의 미스틱링]은 마법특화네. 그러면 인챈트도 그쪽으로 넣어볼까."

"있잖아, 윤 군은 그 액세서리를 누구한테 선물할 거야?"

"딱히 그럴 예정은 없는데……."

마기 씨는 화로 앞에서 나를 지도하느라 흘린 땀을 닦았을 뿐이지만, 피부에 착 달라붙은 옷이나 땀이 흐르는 피부가 선정적이라서 나는 슬며시 시선을 돌려야했다.

"어, 거짓말? 그 액세서리는 윤 군 자신이 장비할 거 아니잖아?"

"왜 그렇게 생각하는데요?"

"아니, 내 이야기에 눈을 돌렸고……."

그건 오해입니다! 라고 소리치려고 했지만, 마기 씨는 또 다른 이유도 제시하였다.

"액세서리의 디자인도 통일하지 않았고. 자기가 쓸 건 디자인의 방향성이나 장비를 통일하지 않으면 멋없어지잖아?"

과연. 무조건 비싼 게 좋다고 고가의 장비를 갖추기보다도 통일감이 없으면 어색해서 오히려 센스가 없어진다. 이른바 벼락부자란 느낌이 되는 것은 일리 있다.

"그러니까 선물용일까? 싶어서. 내 경우처럼."

그렇게 말하며 마기 씨는 자기 손을 들어서 그 손가락에 장비한 세 개의 고리가 겹쳐진 반지 [트리온 링]을 보여주었다.

나는 살짝 쓴웃음을 지으면서 생각하여 대답했다.

"선물한다면 세이 누나나 뮤우지요. 소중한 가족이니까요."

"어, 그 외에도 있지 않아? 뮤우네 파티의 여자애라든가. 또 루카나 토비 같은 여자들끼리 선물을 주는 것도 괜찮겠지."

실제로 세이 누나나 뮤우, 루카토 등에게도 선물하는 것도 좋을지 모르겠지만, 파티 전원의 몫을 만들려면 힘들겠거니 싶어서 쓴웃음을 지었다.

"그럼 타쿠 군한테 주는 거야?"

"왜 거기서 타쿠 이름이 나오나요?"

내 반응에 마기 씨는 히죽거렸다.

"윤 군의 경우 소꿉친구인 타쿠 군이 가족 이외에 가장 친한 이성이겠지. 그러니까 흑철 반지는 타쿠 군 용인가 싶어서."

"아닙니다, 애초에 나는……."

[죄송합니다. 여기 윤 있나요?]

남자다! 평소처럼 그렇게 말하려던 때에 [오픈 세서미]의 점포에서 타쿠의 목소리가 들렸다.

그 순간 마기 씨는 아주 멋진 미소를 지었다.

"어차, 윤 군한테 손님이네. 내가 잠깐 다녀올게."

마기 씨가 일어서서 가게로 향하는 문으로 달려갔다. 나는 지켜보다가 몇 초 뒤에 퍼뜩 깨달았다.

마기 씨는 아까까지 화로 앞에서 땀으로 옷이나 피부가 젖었다. 그런 상태로 사람 앞에, 그것도 남자 앞에 나가는 건 조금 아닐 듯했다.

"마, 마기 씨, 잠깐!"

허둥대며 쫓아갔지만, 이미 마기 씨는 점포로 나간 뒤였다.

내가 쫓아간 곳에서 본 것은 땀을 흘리고 피부가 살짝 달아오른 마기 씨의 모습과 그 정면에서 압도되어 시선이 마기 씨의 가슴에 못이 박힌 타쿠의 모습이었다.

"저기, 타쿠 군. 타쿠 군은 여자한테 선물 받으면 기뻐?"

"어? 어, 뭐, 기쁘지 않을까?"

"마기 씨!"

마기 씨가 팔을 가슴 밑에서 모아서 카운터 위로 몸을 내밀듯이 살짝 기울이고 타쿠에게 묻는 모습에 이건 안 되겠다! 싶어서 강제로 막았다.

"마기 씨! 그렇게 에로한 상태로 남 앞에 나가지 마세요!"

"아, 그렇지, 미안."

"진짜로 그만두세요!"

마기 씨의 신상 안전을 위해서. 속으로 그렇게 소리치면서 마기 씨를 공방으로 도로 데려갔다.

내가 슬쩍 타쿠 쪽으로 시선을 보내자, 타쿠는 다소 아쉬운 듯이 한숨을 내뱉었다.

그리고 내 쪽으로 똑바로 시선을 보냈다.

"뭐, 뭔데?"

"아니, 윤도 마찬가지로 땀으로 젖었구나 싶어서."

"?! 보, 보지 마!"

나는 내 몸을 껴안듯이 해서 시선을 가렸다.

"뭐야, 나는 단순히 안에서 뭘 하는 건지 궁금했을 뿐이야."

"그냥 대장 일로 주괴를 만들었을 뿐이야!"

그렇게 대답했을 무렵에는 땀도 가시고 옷도 자연히 말라서 평소 같은 장비 상태로 돌아와있었다. 마기 씨도 땀이 가셨는지 몸가짐을 바로하고 돌아왔다.?

"미안. 윤 군의 반응을 보고 싶어서 타쿠 군을 조금 놀렸어."

"갑자기 그 상태로 나오길래 진짜로 기겁했어."

"진짜 그만두세요. 이쪽은 심장이 벌렁거린다고요."

속으로는 고개를 푹 숙였지만, 마기 씨는 나와 타쿠의 반응을 보고 만족했는지 매력적인 표정으로 웃었다.

"그럼 타쿠 군의 이야기를 들어볼까."

마기 씨가 그렇게 말하고 타쿠가 [오픈 세서미]에 찾아온 이유에 귀를 기울였다.

●

"그럼 타쿠는 무슨 일로 여기에 왔어?"

"아니, 윤을 찾으러 [아트리엘]에 갔는데 [오픈 세서미]로 갔다는 말을 들어서 우츠 강 상황을 알려고 왔지."

"그거라면 윤 군이 망치질에 익숙해진 뒤에 시작할 예정이야. 다만 바로 검이 나오진 않아."

그건 알고 있기에 타쿠도 납득했는지 그 이상 추궁하지

않았다.

"타쿠는 나를 찾으러 왔잖아? 무슨 일 있었어?"

"고원 에어리어의 그랜드 록의 다음 포효 타이밍을 알았어."

"진짜? 아직 며칠도 안 지났는데 빠르잖아!"

법칙을 알려면 보통 일주일 이상 걸릴 텐데 빠르기도 하다.

"예측으로는 오늘부터 닷새 뒤의 오후 3시부터 저녁 6시까지의 세 시간이야."

"어떻게 그런 걸 알았어?"

"검증 매니아 플레이어들이 고원 에어리어의 주변에 있는 꽃의 색깔이 날짜에 따라 변하는 걸 발견했어. 꽃 색깔이 청색, 황색, 오렌지색, 적색 순서로 서서히 변하는 건 확인했어."

검증 매니아 플레이어들은 대단하다. 순수하게 그렇게 감탄했다. 아무것 아닌 고원의 꽃에서 그런 걸 발견하다니 고개가 숙여진다.

"그러니까 윤은 그 시간대에 로그인할 수 있도록 조정을 부탁해."

"그럼 우리는 거기에 맞춰서 우츠 강으로 검을 만드는 걸 목표로 할까."

"알겠습니다."

타쿠가 할 말은 다 했다며 가게에서 나가는 걸 지켜보다가 타쿠를 일단 불러세웠다.

"······타쿠. 잠깐 기다려봐."

"왜, 윤?"

"됐으니까!"

나는 일단 [흑의 가드링]을 가지러 공방에 돌아가서 수중의 강화소재로 추가효과를 조합했다.

최대한 범용성 높은 효과를 얻기 위해서 퀸 벙커비의 드랍인 [여왕벌의 날개]와 그랜드 록에게서 채취한 [황제육지거북의 등껍질 파편]을 사용하였고, 또 〈아이템 인챈트〉로 타쿠가 안 쓰는 INT 스테이터스를 희생하여 ATK와 DEF을 부여했다.

흑의 가드링 [장식품] (중량 : 1)

DEF +12   추가효과 : DEF 보너스, ATK 부가, DEF 부가, INT 감소, 신체 계열 상태이상 내성(소), 내구력 향상(중)

플러스 추가효과 다섯 개와 마이너스 효과 하나를 얻은 흑철제 반지. 본래 네 개밖에 달 수 없는 것을 커스드로 억지로 밸런스를 잡았다.

그걸 타쿠에게 떠넘기듯이 넘겼다.

"일단 이거 가져가."

"이건 검사 범용 액세서리로군. INT 스테이터스는 안 쓰니까 내려가도 문제없어. 일단 상태이상 내성 계열 장비는 있지만."

"필요 없으면 아는 사람한테 주든가 마음대로 해. 뮤우나 세이 누나한테도 각각 줄 예정이니까."

"필요 없다곤 안 했어. 그럼 고맙게 쓰지."

타쿠는 이번에야말로 [오픈 세서미]를 뒤로 했다.

타쿠가 떠나간 뒤 마기 씨를 돌아보자, 즐거운 듯이 히죽 거리는 미소를 띠고 있었다.

"뭐, 뭐에요?"

"아니, 이러니저러니 하면서도 타쿠 군에게 줬구나 싶었 을 뿐."

준 건 사실이지만, 나 자신의 [세공] 센스 레벨업의 의미 가 있을 뿐이지 다른 뜻은 없다.

하지만 이 자리에서 강하게 부정해도 오히려 이상하게 전 해질 것 같다. 평소처럼 한숨만 내쉬었다.

잠시 뒤에 마기 씨의 웃음이 진정되었을 때 다시금 마기 씨 쪽을 보았다.

"자, 휴식은 이 정도로 하고 다음은 오늘의 하이라이트인 우츠 강이야. 금속을 구부려서 층을 만들고 독특한 무늬를 만들 거야."

"예, 열심히 할게요."

한바탕 소동은 있었지만, 오늘의 백미인 우츠 강 주괴를 만들기 전에 여러 준비를 하였다.

"만드는 순서는 강철 주괴에 순수한 [적층탄]의 분말을 분 포하고 화로에서 달궈서 정착시켜. 그리고 두들겨서 늘리 고 굽혀서 또 분포, 정착을 반복할 거야."

설탕세공처럼 늘리고 굽히고 충분한 층을 만들면서 우츠

강을 만드는 모양이다.

"그럼 시작한다!"

마기 씨의 호령과 함께 첫 망치를 내리치면서 우츠 강 주괴 제작이 시작되었다.

커다란 망치로 몇 번이나 두들긴 강철 주괴는 세 배 정도 커진 크기의 강철판이 되어서 화로에 다 들어갈까 말까 하는 크기가 되었다.

일단 화로에 넣어서 벌겋게 달궜을 때 꺼내고, 분말 상태의 [적층탄]을 골고루 뿌렸다. 다시금 화로 안에 되돌려서 분말이 녹은 것을 확인한 뒤 마기 씨와 내가 재빨리 크고 작은 망치를 휘둘러서 정착시켰다. 그리고 모루 끝을 이용하여 부드러워진 철판을 굽혔다.

그리고 굽힌 금속면이 정착되도록 골고루 크고 작은 망치로 두들겨서 공기를 빼어 하나의 주괴로 되돌리고 그걸 또 늘려서 강철판으로 만들었다.

강철판을 얇게 펴서 층으로 만들면서 분포한 [적층탄]이 균일하게 정착하고, 우츠 강의 독특한 나뭇결무늬가 되도록 접는 작업을 다섯 번 반복했을 때——.

"윤 군, 중지! 중지!"

마기 씨가 그렇게 말하며 다급히 망치를 휘두르던 손을 멈추더니 나를 붙잡고 화로 앞에서 대피시켰다.

"윤 군, 자기 스테이터스를 봐!"

"어? ……우와, 죽을 뻔했다?!"

너무 작업에 열중하는 바람에 화로의 열기 때문에 오는 대미지가 쌓이는 걸 잊고 있었다. 그대로 있다간 도중에 쓰러졌겠지.

"자, 윤 군. 땀 닦고 대책을 세우자. 나도 그대로 있다간 조금 위험했을 테니까."

나는 마기 씨에게 받은 타월로 기분 나쁜 땀을 닦으면서 중단한 우츠 강 주괴로 눈길을 주었다. 굽혀서 접합시키는 도중에 내던졌기 때문에 완전히 식어서 접합부가 들뗬고 실패로 처리되어 사라졌다.

"미안해요. 나 때문에 귀중한 우츠 강 소재를."

"그건 어쩔 수 없어. 반대로 윤 군이 쓰러져도 실패 취급이었을 테니까. 하지만 그렇다면 화 속성 내성은 어떨까? 나는 생산 보조 계열 액세서리를 장비하고 있으니까 내성에 쓸 장비 칸이 없는데."

"그렇다면 좋은 게 있어요."

나는 용기 하나를 꺼내어 뚜껑을 열었다. 그 안에는 연붉은색의 크림이 들어 있었다.

"대응하는 속성의 내성을 일시적으로 높이는 크림——[속성연고]죠. 효과시간은 약 두 시간 정도예요."

이거라면 〈엘리먼트 인챈트〉보다 오랜 시간 견딜 수 있다는 사실을 타쿠로 시험한 결과 판명되었다.

"오오?! 편리한 거네! 게다가 달콤한 향기가 나."

"벌꿀을 살짝 섞었어요."

"왠지 아주 여자다운 거라서 누나는 감탄스러워."

그렇게 말하며 마기 씨는 손바닥으로 문지른 크림을 얼굴이나 목덜미, 팔 같은 노출 부분에 엷게 발랐다.

나도 내 몸에 엷게 바르고 화로 앞에 서니 HP 감소량이 줄어들었다.

"여전히 덥긴 하지만 오랜 시간 작업할 수 있겠어요."

"그래. 이번에야말로 진짜! 힘내자!"

다시금 소재를 꺼내고 우츠 강 주괴를 만들기 시작했다.

강철을 길게 펴고 [적층탄]을 분포하여 접고 정착시켰다.

그걸 반복하여 한 층이 두 층, 두 층이 네 층, 네 층이 여덟 층, 여덟 층이 열여섯 층, 그렇게 계속 강철의 층수가 늘어났다. 층이 늘어나면 그만큼 금속의 경도나 강도가 늘어나서 가공이 어려워진다. 그걸 묵직한 흑철 망치로 늘리고 두들겨서 굽혔다.

그리고 드디어 완성했다.

"다 됐다! 64층의 우츠 강 주괴!"

"우와, 아주 멋진 나뭇결무늬."

강철 주괴에서 만들어낸 우츠 강 주괴는 몇 겹이나 접히면서 끈기 있는 강도와 내구도를 손에 넣었다.

"고마워! 윤 군 덕분에 해냈어!"

"아, 아뇨……. 나는 거들었을 뿐이에요."

마기 씨가 내 두 손을 잡고 붕붕 흔들며 감사의 마음을 전했지만, 정면에서 그런 말을 들으니 살짝 낯부끄러웠다.

가까이 있는 마기 씨의 가슴과 [속성연고]에 쓴 벌꿀의 단 내, 무엇보다도 땀으로 완전히 젖은 피부가 에로틱해서 심장에 안 좋았다.

"윤 군은 항상 겸손하다니까."

순간 난처한 표정으로 웃는 마기 씨. 내가 놀라서 그 얼굴을 보자 곧 평소의 미소로 되돌아왔다.

"자! 이제부터가 대장장이 마기의 실력을 보여줄 때. 이 우츠 강 주괴로 검을 만들 테니까."

"마기 씨. 끝까지 도울게요."

"하지만 윤 군이 도울 일은······."

"화로의 화력 관리에 ATK 보조 인챈트. 그리고 도중에 다 떨어졌을 경우의 화 속성 내성의 인챈트도 필요하지 않을까요?"

마기 씨가 만전의 상태로 검을 만들었으면 싶다. 내 마음을 이해해준 마기 씨는 크게 고개를 끄덕였다.

"그럼 부탁해. 마법로에 MP를 넣어서 지금 화력을 유지해줘."

"알았어요. 그리고 〈인챈트〉──어택!"

마기 씨에게 물리공격 상승 인챈트를 걸고, 나는 마력로 앞에 서서 손을 대었다.

내 MP를 주입해서 화력을 유지하는 연료로 삼는다.

또한 화로에 사는 불의 정령에게 힘내라고 말하면서 인벤토리에서 꺼낸 간단한 과자를 주고, 화로 옆에 쌓인 트렌트 우드의 목탄을 투입했다.

"준비 다 됐어요!"

"대장장이 마기, 시작한다."

그리고 마기 씨는 화로 앞에 앉아서 방금 만든 우츠 강 주괴를 화로로 달구고 망치를 휘둘렀다.

금속을 접어서 만든 우츠 강 주괴를 이번에는 달궈서 부드럽게 만든 뒤에 때려서 형태를 잡고 롱소드 모양으로 만들어갔다.

마기 씨에게 몇 번이나 물리공격 상승 인챈트를 걸어서 작업이 스무스하게 진행되도록 계속 도왔다. 또 긴 작업으로 끊긴 [속성연고] 효과를 보충하기 위해 〈엘리먼트 인챈트〉로 화 속성 내성 인챈트도 계속 걸어가면서 검이 만들어지는 것을 지켜보았다.

그리고 마지막 망치질이 끝나고 [생명의 물]을 담은 냉각수에 우츠 강 주괴로 만든 롱소드를 담가서 식혔다.

"완성인가요?"

"일단은 완성일까? 남은 건 손잡이랑 칼집을 준비하는 등 사소한 준비가 있지만."

그렇게 말하며 냉각수에서 꺼내서 내민 롱소드의 도신에는 파도치는 아름다운 나뭇결무늬가 떠올라 있었다.

강철의 흰색과 금속에 집어넣은 [적층탄]의 검은색의 도신을 가진 검은 아주 단단하고 튼튼한 성질을 가졌다.

다마스커스 소드 [무기]

ATK +75   DEF +37   **추가효과 ATK 보너스**

이제 막 완성된 무기이기 때문에 추가 효과는 거의 없지만, 앞으로 사용자의 취향이나 목적에 맞춰 추가효과가 늘어나겠지.

"드디어 완성인가."

"윤 군, 수고했어. 그 무기의 사소한 조절이나 추가효과는 타쿠 군에게 프렌드 통신으로 정할 건데, 그 전에 윤 군한테도 넘겨둘게."

그렇게 말하며 마기 씨는 안쪽 선반에서 나무 상자 두 개를 꺼냈다.

그 하나하나를 살며시 열자, 안에는 각각 무기가 들어 있었다.

마기 씨가 꺼낸 무기는, 하나는 흑철로 된 검은 광택의 두꺼운 장방형의 칼, 손도끼나 도끼와 비슷한 무기였다. 그리고 또 하나는 장식 없는 흑철제 무기와는 달리 아름다운 푸른 금속으로 만들어진 외날도였다. 그 똑바른 도신과 칼날 무늬를 볼 때 날카로움을 추구한 도(刀)는 날밑 없는 심플한 형태였다.

"마기 씨, 이건 무기인가요?"

"윤 군한테 주는 보수야. 전에 말했던 블루라이트 광석이랑 이번에 같이 일해준 것에 대한 사례. 윤 군을 생각해서 분류상으로는 모두 식칼이니까."

"……식칼?"

아무리 봐도 손도끼와 일본도였다. 흑철제의 두꺼운 손도끼는 아슬아슬하게 중화식칼로 보였지만, 똑바로 뻗은 푸른색 도신의 무기는 아무리 봐도 날밑 없는 일본도였다.

블루라이트 광석에 대한 보수라고 하니까, 이 도는 블루라이트 광석으로 만들었다고 추측할 수 있었다.

"흑철 쪽은 단순히 내구력과 공격력을 중시해서 만들었어. 반면 무거우니까 다루기 어려우려나. 블루라이트 광석은 마법금속이니까, 완성하면 그 자체가 추가효과를 가지고 있을 테니 확인해봐."

마기 씨의 재촉에 두 자루의 식칼의 스테이터스를 확인했다.

고기 써는 식칼 - 중흑 [무기 - 식칼]

ATK +65   SPEED -15   추가효과 : DEX 보너스

해체 식칼 - 창무 [무기 - 식칼]

ATK +55   추가효과 : DEX 보너스, 수 속성 보너스(중)

고기 써는 식칼은 중량급의 식칼답게 날카로움이 떨어질 듯하지만, 무게로 베어내는 타입인 듯했다. 무거워서 그 무게에 휘둘릴 것 같다.

그리고 해체 식칼 쪽은 수 속성 보너스가 중간 레벨이라는 평가는 제법 높은 듯했다. 내가 블루라이트 주괴에서 만든 액세서리가 낮은 레벨이었으니까, 이건 생산직으로서의 실력의 차이일까. 아니면 주괴 단계에서 수 속성의 속성석을 합성한 걸까. 여러모로 추측할 수 있다.

　어느 무기도 성능 자체는 아주 뛰어나서 기존의 식칼과도 맞추어가며 생각하면――.

　――속도 중시에 사정거리가 짧은 보통 식칼.

　――위력 중시에 무게감 있는 고기 써는 식칼.

　――한 손과 양손, 다양하게 쓸 수 있고 사정거리가 있는 해체 식칼.

　상황에 따라 세 종류의 식칼을 가려 쓰면 되겠지만, 근접 전투에서 재빨리 장비를 교체하기란 어렵다. 그래, [하늘의 눈]으로 체감시간을 연장한 순간에 메뉴를 조작해서 변경할 수 있지 않을까? 그런 식으로 기존 센스와의 조합을 생각하기 시작했다.

　"마기 씨. 이거 휘둘러봐도 되나요?"

　"그래. 그건 윤 군 거니까."

　그 말에 조심조심 식칼을 손에 들었다.

　묵직한 느낌의 고기 써는 식칼을 오른손으로 들고 천천히 휘둘렀다. 오른쪽, 왼쪽, 그리고 오른쪽으로 휘두르고 세로에 가로, 십자를 베듯이 식칼을 휘둘렀다. 무겁기 때문에 아무래도 몸이 식칼을 휘두르는 방향으로 흘러가서 비틀거리는 게 단점이지만, 사소한 컨트롤을 필요로 하지 않는 무기이기 때문에 잘 쓰는 손이 아닌 왼손으로 들기에는 딱 좋았다.

이번에는 해체 식칼을 들어보니 빛이 닿으면서 물에 젖은 듯한 윤기를 띠며 손의 연장선처럼 가볍게 움직여졌다. 다만 애초부터 나는 검 쓰는 법을 모르고 센스의 모션 어시스트도 없는 상태이기 때문에 휘두르는 모습은 초보검술처럼 보이겠지.

"자, 윤 군도 슬슬 준비하는 편이 좋지 않을까?"

"준비라면 그랜드 록 등정 말인가요?"

마기 씨는 성공한 우츠 강 주괴를 샘플로 삼아서, 앞으로 자기 레벨을 높이는 일에 집중하면서도 타쿠의 다마스커스 소드 조정에 들어가겠지.

하지만 내가 할 일은…….

"고원 에어리어에 많은 플레이어가 모였다고 들었어. 거기서 수요가 늘어나는 건——."

"소모품. 포션 같은 아이템이지만 그 외에도 살 만한 건……. 아?!"

나는 떠올렸다. 최근 조금씩 안정되기 시작했지만 [소생약]의 숫자는 아직 부족하다는 사실을.

"갑작스러운 추가 수요를 생각하면 여기서 시간 보내는 것보다는 가게로 돌아가서 증산 태세에 들어가야겠지?"

"고, 고맙습니다! 바로 [아트리엘]로 돌아가서 대책을 세

울게요!"

마기 씨에게 받은 고기 써는 식칼과 해체식칼을 인벤토리에 회수하고 [오픈 세서미]를 뒤로 했다.

입구에서 마기 씨가 전송해주었기에 나도 오늘 경험에 대한 감사의 말을 하고 [아트리엘]로 달려서 돌아왔다.

돌아온 [아트리엘]은 평소와 같았지만, NPC 쿄코에게 아이템 판매량을 확인해보니 조금씩 늘기 시작했다.

그 뒤에도 아이템은 계속 팔려나가서 생산 스킬로 단시간에 제작하여 보충했지만, 드디어 소재가 부족한 상황이 되었다.

어째야 하나 난처해졌을 때, 이번 고원 에어리어 공략에 참가하지 않는 [아트리엘]의 단골이 소재 부족 소문을 듣고 직접 팔아주러 왔다.

이런 플레이어 사이의 교류도 왠지 마음이 훈훈해지는 것 같았다.

이럭저럭 하면서 나 자신도 그랜드 록 등정 준비를 갖추었고, 당일이 찾아왔다.

6장   그랜드 록과 코카트리스 킹

나는 타쿠네 파티에 들어가서 그랜드 록 근처의 고원 에어리어 입구에서 대기하였다. 그 자리에는 이미 북쪽의 절벽을 올라온 수십 명의 플레이어들도 대기하면서 각자 담소를 나누었다.

때로는 타쿠의 지인 플레이어가 다가와서 타쿠와 두어 마디 말을 나눈 뒤에 멀어지는 광경을 보니, 타쿠의 인맥이 느껴졌다.

그리고 내게 다가오는 사람이 있었다.

"언니! 힘내자! 우리는 지상의 보스 몹을 최대한 쓰러뜨려서 드랍템을 노릴 거야!"

그렇게 말하면서 가는 팔로 알통을 만드는 뮤우.

"나는 평온무사하게 살아남을 수 있으면 그걸로 족해."

"으음, 목표가 낮아! 뭣하면 저 거대한 바위산 같은 몹의 격파 같은 목표를 세워!"

"말도 안 되는 소리……."

나는 뮤우에게 휘둘리면서 힘내자, 의욕을 내자, 같은 소리를 계속 들었다. 그런 뮤우의 어깨 너머로 보이는 뮤우네 파티 멤버가 인사를 해왔다. 리레이의 시선만큼은 다소 위기감이 느껴졌지만.

그 외에도 세이 누나와 미카즈치의 길드 [팔백만]의 정예

까지 모였다.

"아! 세이 언니도 왔구나!"

뮤우는 바로 내게서 세이 누나에게로 안기는 대상을 바꾸었다. 그 결과, 리레이의 뜨거운 시선도 그쪽으로 옮겨갔다.

"세이 누나까지 왔구나."

"갑작스러웠어. [등산] 센스를 취득하여 참가하라 해서 고생이었거든."

느긋하게 대답하는 세이 누나, 그리고 어깨에 올린 봉을 지면에 세게 꽂은 미카즈치는 흥미 깊은 눈치로 고원 에어리어를 바라보면서 내게 말을 붙였다.

"이 에어리어의 제1발견자로서 뭐 충고할 말 있어?"

"그런 건 오히려 내가 필요한데."

한숨을 내쉬면서 대답했다. 나도 모든 몬스터를 확인한 게 아니다. 그런 건 사전에 검증하는 플레이어들에게 물어야겠지. 그렇게 말했더니 미카즈치는 "맞는 말이군"이라고 대답했다.

"뭐, 인사는 이 정도로 하고 아가씨도 우리도 함께 힘내보자고."

"그러니까 아가씨라고 하지 마."

우리는 평소처럼 인사를 나누고 헤어졌다.

마침 타쿠 쪽도 인사가 끝나서 타쿠가 내게 말을 걸어왔다.

"자, 윤. 준비 다 됐어?"

"괜찮아. 타쿠는 어때?"

"다 됐어. 검도 새로 조달했고."

그렇게 말하며 나뭇결무늬가 아름다운 장검을 들어 보였다. 이번 고원 에어리어 공략에는 몇몇 그룹이 있고, 그중에도 그랜드 록 등정을 목표로 하는 플레이어에는 [적층탄] 채굴 목적인 그룹과 정상의 코카트리스 보스 몹 토벌 목적인 그룹이 존재했다.

또한 그랜드 록 이외에도 고원의 아이언 카우나 워록 고트, 그리고 얼마나 강한지 알 수 없는 라이트닝 호스 등의 보스 몹이 있다.

"우리는 뭘 노릴까? 최종적인 목적은 모든 종류 격파겠지!"

"일단은 워록 고트부터가 아닐까요?"

"그럼 우리 [팔백만]은 아이언 카우를 노려볼까."

"그래. 사전 예정대로 하자."

다소 긴장한 플레이어들은 평지 전투에서 누가 어디로 흩어져서 어디의 적을 쓰러뜨릴지 같은 적당한 화제를 던지며 긴장을 풀면서 그때를 기다렸다.

그리고 고원 에어리어 바깥쪽에 핀 이름 모를 꽃의 색깔이 오렌지에서 적색으로 변하고——.

[우아아아아아아아——.]

사이렌 같은 울음소리가 울리고 바위산을 짊어진 그랜드 록이 고원 전역에 포효를 질렀다.

적당히 이완된 분위기가 단숨에 조여지는 걸 피부로 느낀 플레이어들이 차례로 고원으로 향해 달렸다.

고원 바깥쪽에서 분노 상태의 몹이 모여들기 전에 조금이라도 보스와의 전투를 유리하게 진행하기 위해 각지에서 적의 숫자를 줄이는 전투가 벌어졌다.

"대단하네, 이건——."

"윤! 그랜드 록까지 최단거리로 돌진한다!"

그 자리의 분위기에 압도된 나는 타쿠의 목소리에 의식을 되돌리는 동시에 파티 멤버 전원에게 속도 상승 인챈트를 걸고 달렸다.

바람을 가르며 달리는 고원. 그 앞길을 막는 몬스터 무리와 접근하였다.

"켁…… 소떼냐."

폭주하는 스틸 카우 무리에게 휘말려들어 치여서 쓰러지는 플레이어도 적지 않게 존재했다.

무리의 선두를 달리는 아이언 카우가 똑바로 돌진하면 금방 우리와 접촉하게 된다.

"——[팔백만]의 정예! 전진!"

난전이 벌어진 고원에 잘 울리는 여성의 강한 목소리. 와인레드색 머리칼을 휘날리며 스틸 카우 무리의 정면에 선 미카즈치와 그 뒤에서 지팡이를 든 세이 누나의 물색이 눈에 띄었다.

그리고 스틸 카우 무리의 진행을 가로막듯이 무기를 들어서 횡렬 진형으로 돌진을 막는 [팔백만]의 정예 플레이어들.

"가름 팬텀의 돌격과 비교하면 별거 아니군! 유격부대는 좌우에서 공격하여서 발을 묶은 뒤에 즉각 이탈!"

"우리 마법부대는 마법 준비! 유격부대가 떨어진 순간에 일제발동!"

소리치며 선진에 서는 미카즈치와 미카즈치의 뒤에서 서포트하기 위해 부대에게 지시를 내리는 세이 누나의 모습. 그리고 길드 [팔백만]의 정예 플레이어들은 날뛰는 스틸 카우 무리를 압도하였다.

"세이 누나……."

"나는 [팔백만] 쪽에 참가했지만, 윤도 힘내."

"그래, 다녀올게!"

부드러운 미소를 지으며 가볍게 손을 흔드는 세이 누나에게 등을 돌려서 달렸다. 직후에 울리는 마법사들의 일제공격이 고원의 일각을 선명하게 밝혔다.

몬스터들과 다른 플레이어들의 전투 사이를 빠져나온 우리는 그랜드 록의 등으로 향했다.

때때로 플레이어들 사이를 빠져나와 공격하는 몬스터를 선두의 타쿠와 간츠가 순살하며 돌진하였다.

또 원거리에서 날아오는 메이지 고트의 마법공격에 대해서는 미닛츠와 마미의 방어마법으로 막고, 상공에서 공격해 오는 코카트리스에게는 내가 이동하면서 화살을 날려 차례로 격추했다.

케이는 후진을 맡아서 배후에서 공격하는 몬스터의 콧등

을 방패로 때려서 발을 묶고 도망쳤다.

"역시 파티는 다섯 명보다 여섯 명 쪽이 한 명 한 명의 부담이 줄어서 편해! 게다가 윤은 귀엽고!"

"그래! 파티에 부족한 요소가 더해져서 전체가 잘 돌아가지! 그리고 윤은 귀여우니까."

이런 난전 속에서도 간츠와 미닛츠는 농담을 주고받았다. 분명히 파티의 연대로서 나쁘지 않지만, 애초에 타쿠의 파티와 함께 모험한 적은 그리 많지 않다.

"너무 잡담하지 마. 그랜드 록은 눈앞이야. 당장 올라갈 준비를 하자."

이런 상황에서 케이는 농담하는 간츠와 미닛츠에게 주의를 주었다. 그런 케이를 다독이면서도 마미가 날아오는 메이지 고트의 마법을 정확하게 바람의 장벽으로 흘려버렸다.

"자, 올라간다!"

땅을 울리며 걷는 그랜드 록에게 다가가자, 주위의 몹들의 기척이 사라지고 분노하면서도 그랜드 록을 멀찍이서 바라보았다.

그랜드 록의 등에 올라가려고 많은 플레이어들이 고생하는 가운데 타쿠와 간츠가 먼저 뛰어올랐다.

뒤따라오는 우리를 받아줄 수 있도록, 그리고 여섯 명이 함께 올라갈 수 있는 장소를 확보하고 신호를 보냈다.

이어서 힐러 미닛츠와 마법사 마미를 끌어 올리기 위해 손을 뻗었다.

"자, 이 손 잡아!"

"아, 예!"

"알고 있어. 하지만 타이밍이 꽤 어려워."

마미는 헉헉 숨을 헐떡이면서도 필사적으로 그랜드 록과 나란히 달렸지만, 좀처럼 뛰어오를 타이밍을 잡지 못하였다. 그동안에 벽차기 요령으로 점프한 미닛츠가 타쿠와 간츠의 손에 끌어 올려졌다.

마미도 뒤따르려고 했지만 타이밍을 잡지 못했다. 다음에는 가야 한다면서 타이밍을 재는 머리가 앞뒤로 흔들렸다.

초등학생 때 했던 큰줄넘기에서 뛰어들 타이밍을 재지 못한 사람과 비슷한 움직임에 마음속으로 힘내라고 응원을 보냈다.

하지만 내 응원은 재미있는 방향으로 배신당했다.

"마미. 무리하지 마. 잠깐 실례하지."

"어? 케이! 내려줘!"

뒤에서 다리를 들어 올리듯이 마미를 안고 달리는 케이.

중량급 장비를 걸친 상태에다가, 작은 여자라고 해도 한 명을 안고 나란히 달리기 시작했다.

"케이! 내려줘! 창피해!"

"혀 깨문다. 그리고 안 떨어지게 내 목에 팔 감아."

"어어, 꺄악!"

평소에는 과묵한 거한이 안경 낀 어른스러운 여자를 한 팔로 안아 든 상황에서 단숨에 달리는 속도를 올렸다.

마미의 부끄러워하는, 그러면서 놀란 듯한 귀여운 비명을 무시하고 전사로서의 스테이터스를 구사하여 단숨에 도약했다.

타쿠와 간츠가 올라간 장소보다 다소 낮은 장소에 오를 수 있었던 두 사람.

"마지막은 윤!"

"그, 그래……."

케이는 의외로 적극적이라고 생각하면서 그랜드 록의 바위를 박차고 타쿠의 손을 잡자, 위로 끌어 올려주었다.

그와 동시에 그랜드 록이 크게 발을 구르자 바위산 전체가 크게 흔들렸다.

"어차……. 괜찮아?"

"……괜찮아. 그보다 케이와 마미는?"

흔들림과 끌어 올려진 기세 때문에 나는 타쿠의 가슴에 머리를 묻는 결과가 되었지만, 특별한 감정이 생길 리도 없어서 먼저 올라간 두 사람 쪽을 걱정했다.

한 층 아래의 발판에 있던 케이와 마미는 케이가 밑에서 마미를 올려주고 위쪽에서 미닛츠가 끌어 올리는 식으로 함께 올라왔다. 그 뒤에 케이도 자력으로 기어올라서 전원이 모일 수 있었다.

"케이. 무슨 창피한 짓을 하는 거냐! 폭발해버려!"

"아니, 저기……. 미안해."

"어어, 그게……. 딱히 싫지 않았어. 놀랐을 뿐이라……

고마워.”

조그맣게 중얼거리듯이 대답하는 마미의 말에 케이는 멋쩍은 듯이 뒤통수를 긁적였다.

그걸 본 간츠가 노려보면서 케이의 옆구리를 찌르는 모습은 질투의 불타는 남자의 모습이라 파티 안에서 쓴웃음이 일었다.

“타쿠는 왜 웃는 거야! 윤을 끌어 올릴 때 껴안았잖아! 너도 공범이야!”

“뭐? 윤은 말이지……. 이 녀석은, 으음…….”

타쿠가 나를 미묘한 표정을 보았다. 나도 왠지 모르게 무슨 말을 하려는 건지 전해져 왔다. 게임에서는 여성 모델이지만 현실의 나는 남자다. 그러니까 그런 두 사람에게 뭔가 특별한 감정이 끼어질 여지도 없는데…….

“뭐야! 서로 통한다는 그런 분위기나 내고! 현실에서 소꿉친구 미인 세 자매와 아는 사이에 미소녀 윤이 너무 가까워서 자연스러운 존재라는 거냐! 제길, 청춘이냐——“간츠, 시끄러.”——?!?!”

내가 사실을 정정하려던 참에 미닛츠가 간츠의 뒤통수를 무기인 메이스로 때려서 침묵시켰다.

또 정정할 기회를 놓쳤다고 내가 작게 한숨을 내뱉었을 때, 필드의 다소 높은 언덕 위에 눈부신 섬광이 일고 폭음이 공기를 뒤흔들었다.

“뭐, 뭐지?!”

"저건 보통 보스전이 아냐! 윤, 확인해줘!"

간신히 섬광이 잦아든 필드를 둘러보고 발생 원인을 확인했다.

뮤우나 세이 누나 쪽이 싸우던 고원 평지에서는 몇 차례나 섬광이 일고, 세 번째 폭음으로 그 존재를 포착했다.

"라이트닝 호스에게 싸움을 건 녀석이 순식간에 사라졌어."

말 그대로 벼락이 내린 직후에 한꺼번에 쓸려간 플레이어들. 운 좋게 살아남아도 어느 틈에 뒤로 돌아온 라이트닝 호스의 전격을 정통으로 맞고 쓰러졌다.

"……진짜로?"

"아이언 카우나 워록 고트보다 강해. 그보다 번쩍번쩍해서 눈이 아파."

[하늘의 눈]은 원시 능력을 가지는 한편, 반대로 너무 잘 보여서 강한 빛에 시야가 망가진다. 이번에는 멀리서 일어난 섬광과 폭음에 손으로 광량을 조절하면서 봤기 때문에 간신히 확인할 수 있었다.

타쿠는 원거리의 상황을 더 알려달라는 듯이 이쪽을 보았지만, 그걸 방해하는 존재가 있었다.

"타쿠, 왼쪽 위에서 코카트리스가 접근하고 있어!"

밝은 저녁하늘 빛에 하얀 덩치가 잘 보였다. 케이가 제일 먼저 발견하여 전원에게 경계를 촉구했다.

"라이트닝 호스의 움직임을 더 관찰하고 싶었는데……. 윤, 지금은 포기하자!"

"알았어! 그럼 내가 선제공격할게!"

곧바로 라이트닝 호스에게서 시선을 떼고 코카트리스를 향해 화살을 날렸다.

더욱 숫자가 늘어난 코카트리스를 향해 케이가 스킬을 발동시켰다.

"이쪽이다! ——〈헤이트 액션〉!"

케이의 몸에서 보라색 파문이 퍼지고, 그 파문이 코카트리스를 뒤덮었다.

그랜드 록의 영향으로 광폭해진 코카트리스가 케이를 노리기 시작했다.

"미닛츠, 요격에 나서자."

"난 준비됐어!"

미닛츠와 마미가 케이를 공격하는 코카트리스에게 마법을 쏘았다.

마미는 바람의 장벽으로 코카트리스의 공격을 방해하면서 마법으로 차례로 격추하였다.

그리고 그 장벽을 돌파한 코카트리스는 미닛츠의 광선을 맞고, 또 그것도 빠져나온 개체는 타쿠나 케이, 간츠의 공격으로 쓰러뜨렸다.

나는 멀리서 케이의 스킬 효과를 받지 않은 개체를 적극적으로 노려서 화살로 떨어뜨렸다.

"라이트닝 호스의 싸움에 신경을 빼앗겼는데, 이쪽은 이쪽대로 싸움이 시작되었군."

그랜드록의 등에 있는 바위산에는 하얀 낱알 같은 코카트리스가 차례로 날아올라서 산길 같은 길을 올라오는 플레이어들을 공격하였다.

"자, 다른 녀석들도 올라가기 시작했어. 우리도 뒤쳐진 걸 만회해야지."

타쿠의 말에 전원이 고개를 끄덕이고 걷기 시작했다.

목표는 그랜드 록의 정상. 나는 미답지를 노려보듯이 올려다보았다.

●

차례로 공격해 오는 코카트리스를 쫓으면서 우리는 그랜드 록의 바위산을 서둘러서 올라갔다.

변칙적인 환경에서의 전투가 곤란하기 때문에 후위인 나와 미닛츠와 마미를 산 쪽에 두고, 절벽 쪽에서의 습격에 대비하려고 전위인 타쿠, 케이, 간츠가 나란히 서서 두 줄로 올라갔다.

거의 2인 1조 상태로 전위가 각각 후위를 지키는 형태가 되었다.

"타쿠, 왼쪽 아래에서 코카트리스가 접근! 숫자는 넷!"

[하늘의 눈]과 [간파]의 조합으로 보인 코카트리스에게 내가 선제로 화살을 날렸지만, 한 마리만 떨어뜨려서 세 마리가 접근했다.

"케이, 부탁해!"

"맡겨줘! ──〈헤이트 액션〉!"

케이는 보라색 파문을 퍼뜨리는 스킬을 발동하였다. 이걸로 접근한 코카트리스의 어그로를 높여서 끌어들였다.

도발 계열 스킬인 〈헤이트 액션〉은 주위 적의 적개심인 어그로를 버는 스킬이다. 비슷한 방패 계열 스킬인 〈콜링 실드〉와 어떻게 다르냐고 물어보았다. 단독으로도 쓰기 쉬운가, 단일스킬이 복수 모여서 효과를 높이는가의 차이라는 모양이었다.

평소에는 신경 쓰지 않는 어그로 관리를 케이에게 맡기고, 나와 미닛츠는 보조를 맡아서 타쿠와 간츠, 마미가 차례로 코카트리스를 쓰러뜨렸다.

"윤, 나이스 정찰!"

"나는 거의 아무것도 안 했으니까. 케이가 제일 크게 활약했지. 그보다 괜찮아?"

폭주 상태의 코카트리스의 습격이 일단 진정되어서 파티 상태를 확인했는데, 익숙하지 않은 환경에서의 변칙적인 전투로 다소 피로가 보였다.

전투에서의 주도권을 얻을 수 없는 지리적 불리.

누적되는 대미지나 익숙지 않은 발판 때문에 서두른다고 해도 이동은 느렸다.

"타쿠, 어떻게 하지? 슬슬 잠깐 휴식할까?"

"그래. 이미 중간 정도까지 올라왔겠다, 이대로 길이 계속된다고만 할 순 없으니까. 적당한 장소를 찾거든 쉴까."

내 제안을 받아들인 타쿠는 곧 휴식할 수 있을 만한 장소를 찾아서 15분의 짧은 휴식을 취했다.

보통 파티라면 이런 휴식 타이밍에서 광석 채굴 같은 걸 하겠지만, 아무래도 코카트리스가 언제 덤빌지 모르는 상황에서 그런 위험한 행동을 하고 싶지 않았다. 주저앉아서 쉬던 나는 어쩔 수 없이 인벤토리에서 숲에서 모은 과일을 꺼냈다.

그 과일로 무의식중에 시선을 보내는 미닛츠와 마미를 본 나와 타쿠.

[윤. 미안한테 나눠줄 수 있겠어? 모티베이션을 올린다고 생각하고.]

[이런 데서 먹을 걸 독점하진 않아. 딱히 집착하는 것도 아니니까.]

주위를 경계하는 타쿠에게서 슬며시 프렌드 통신이 들어왔고, 나는 꺼낸 [한산포도]와 [산악사과]를 두 사람에게 내밀었다.

"지쳤을 때는 단 음식이라고 하니까. 그리고 할 수 있을 때에 만복도를 회복해두는 편이 좋아."

그걸 받은 미닛츠와 마미는 일단 [한산포도]를 한 알 먹고서 그 단맛에 표정을 풀고, 이어서 다소 큰 [산악사과]를 두 손을 감싸듯이 들어서 작은 입으로 먹기 시작했다.

간츠와 케이에게는 경계하면서도 먹을 수 있는 샌드위치

를 주고, 타쿠에게는 물통의 홍차를 컵에 따라서 주었다.

"역시 윤은 눈치가 빨라."

"일단 내가 할 수 있는 범위로는 준비해왔으니까."

포션에 소생약, 상태이상 회복약, 음식 등등. 인벤토리 안에는 여러 아이템이 들어 있었다.

"역시나 서포트 캐릭터를 자칭할 만하군."

씨익 웃으면서 홍차를 단숨에 비우는 타쿠. 돌려받은 컵을 정리하고서 나도 [한산포도]를 입에 넣고 단맛에 조금 기운을 되찾았다.

그리고 15분의 휴식을 마치고 다시 정상을 향해 올라가기 시작했다.

도중에 준비된 산길이 아니라 최단 코스로 오르려고 악전고투하는 플레이어를 도중에 발견하거나, 한 층 아래쪽의 비슷한 산길을 오르는 플레이어에게 코카트리스 접근의 경고를 하거나 하면서 우리 페이스로 올라갔다.

그랜드 록의 이동에 따른 계속되는 진동에 주의하면서 착실하게 전진하였다.

몇 차례 휴식을 반복하면서 그때마다 [한산포도]나 [산악사과] 외에 몇 안 되는 [투우 열매]도 꺼내서 주었다. 매실 같은 [시유 열매]는 다소 가공을 하지 않으면 별로 맛이 없지만, 살구 같은 [투우 열매]는 부드럽고 달았고 나를 포함한 전원이 먹을 만한 숫자가 되었다.

"아하하……. 또 다시 모아야겠네."

215

휴식 때 그렇게 혼자 중얼거렸다. 그런 뒤 시간을 들여가며 그랜드 록의 3분의 2까지 올라갔다.

간간이 바위 표면에 있는 코카트리스 둥지를 발견하기도 했지만, 중층과 상층의 경계에 뭔가 보이지 않는 벽이 있는 것처럼 코카트리스는 도중에 돌아갔다.

"저기부터가 상층이란 소리는 코카트리스의 보스 몹이 있다는 소리야. 전원 마음 다잡고 전진한다. 케이와 간츠는 서로의 파트너를 확실히 지켜!"

간츠는 미닛츠에게 눈짓하고, 케이는 마미를 감싸듯이 방패를 고쳐 들었다.

나도 타쿠의 뒤에 붙어서 위를 올려보았지만, 코카트리스 보스 몹의 모습은 확인할 수 없었다.

우리가 신중하게 전진하는 가운데 선행했던 플레이어들의 거센 전투음이 한 층 위의 산길에서 울렸다.

"이 위에서 싸우는 모양이군."

"그렇다면 이 위에 코카트리스 보스 몹이 있을 가능성 ——?!"

올려다보자 위쪽에서 뭔가가 튕겨져 나와서 떨어졌다.

""전원 바위에 몸을 숨겨!""

나와 타쿠가 동시에 소리치자, 전원이 몸을 바위산에 붙였다.

"——우아아아아아아아아아아아아아아아아——."

그러자 중력에 따라 떨어지는 플레이어가 우리 옆을 지나갔다.

비행능력이 없는 플레이어는 낙하를 막을 방법이 없어서 그대로 순식간에 아득한 아래로 떨어졌다.

이름도 모르는 플레이어와 순간 눈이 마주쳤다. 낙하의 공포에 딱딱하게 굳은 표정을 지으며 그대로 떨어졌다.

타쿠가 날 놓은 순간 나는 반사적으로 절벽 쪽으로 한 걸음 다가갔다.

"윤. 그쪽으로 가지 마!"

나는 타쿠가 제지하는 손을 빠져나가서 [하늘의 눈]으로 절벽 아래를 바라보았다.

그러자 직후에 하얀 덩어리가 상승해서 바로 눈앞을 통과했다. 나는 엉덩방아를 찧으며 그걸 올려다보았다.

"윤. 돌아와!"

"어, 어어……."

나는 떨어진 플레이어의 표정밖에 보지 않았던 것과 달리 타쿠는 다른 사소한 부분까지 주의를 기울인 모양이었다. 떨어진 플레이어를 쫓는 존재.

나는 센스에 의지해서 정찰했기 때문에 알아차리는 게 늦었다.

그리고 올려다본 곳에서는——.

[쿠에에에에——.]

절벽 밑에서 상승하면서 비명 소리를 지르는 존재. 맹렬한 속도로 바람을 휘감으면서 뭔가 커다란 것을 그 다리에 붙잡고 저 위에서 활공하고 있었다.

거대하지만 스마트하게 조여진 닭의 하얀 몸. 특징적인 황색의 커대한 닭벼슬과 뱀의 꼬리. 입에서 화염을 작게 토하는 보스 몹──코카트리스 킹이 나타났다.

코카트리스의 보스 몹의 다리 끝을 보니, 방금 전에 낙하한 플레이어의 몸을 단단히 붙잡고 있었다.

이미 자유낙하의 공포로 축 늘어져서 반응을 보이지 않는 플레이어. 그리고 코카트리스 킹은 그를 붙잡은 다리에 힘을 넣어 순식간에 으스러뜨렸고, 그 플레이어는 우리 눈앞에서 입자로 변하여 흩어져 사라졌다.

눈앞에서 일어난 충격적인 광경에 곧바로 반응할 수 없었다.

"어, 어어……."

내 목 안에서 메마른 소리가 새어 나오는 가운데 코카트리스 킹의 날갯짓이 날카로운 바람을 일으키고, 그것이 우리를 덮쳤다.

딱히 조준도 없는 광범위 공격은 내 뒤의 바위에 부딪혀 돌풍이 되어 내 등을 밀었다.

"아……."

바위산 쪽에 붙어 있었으면 버틸 수 있었던 공격. 하지만 절벽 쪽에 서 있었기 때문에 나는 허공으로 밀려났다.

구명줄도 발판도 붙잡을 곳도 없이 내 손이 허공을 갈랐다.

[하늘의 눈]의 체감시간으로 연장된 공간에서는 마치 무

중력처럼 느끼면서도 조금씩 내려가는 풍경 속에서 타쿠가 이쪽으로 달려오는 게 보였다.

멍청하긴, 나 같은 건 그냥 버리면 될 텐데. 그렇게 생각하는 동안에도 공중에서 타쿠가 내 손을 붙잡는 순간 체감 시간이 원래대로 돌아왔다.

"히이, 끄아아아아아——."

둘 다 공중에 내던져진 상황에서 내 입에서 흘러나온 비명과 함께 나는 공중에서 타쿠의 한 손에 붙잡혔고, 타쿠는 다른 쪽 손으로 눈앞의 바위에 검을 꽂았다.

끼리릭 하는 싫은 소리를 내며 낙하 속도가 줄어들었지만, 검이 견디지 못하고 중간에서 부러졌다.

하지만 그 순간, 내가 비명을 멈추고 생각할 시간이 충분히 생겼다.

"——[클레이 실드]. ——〈매드풀〉!"

아래쪽을 향해 던진 [클레이 실드]의 매직 젬의 발동지점과 가까운 바위에서 수직으로 흙벽이 생겼다. 그리고 매직 젬으로 만든 흙벽에 지 속성의 〈매드풀〉을 발동시켜서 충격완화제로 만들어서 함께 그 안으로 떨어졌다.

몸을 꿰뚫는 충격. 날아가려는 의식을 간신히 붙잡고 있으니 진흙벽이 기세를 죽이고 한층 아래쪽의 산길에서 낙하가 멈추었다.

"…………."

"……타쿠. 살아 있어?"

"대답이 없다. 단순한 시체인 모양이다."

"농담을 하는 걸 보며 괜찮네."

긴급용으로 만들어낸 [클레이 실드]의 발판과 충격 흡수 매트 대용인 〈매드풀〉. 이 마법과 아이템의 조합으로 낙하 대미지를 죽였지만, 둘 다 HP의 절반 이상이 날아갔다. 특히나 떨어질 때 밑에서 감싸준 타쿠의 대미지는 거의 HP의 9할이 사라져서 빈사 상태였다.

"자, 타쿠. 하이포션으로 회복할 건데 바로 움직일 수 있 겠어?"

"그래, 스테이터스로는 문제없어. 불행 중 다행인지 상태 이상에 걸리지 않은 게 커."

"상태이상?"

"낙하 대미지로 [기절] 상태이상을 일으키지 않은 것도 운이 좋아. 둘 다 움직일 수 없었으면 지금쯤 코카트리스한테 당했어."

직전에 먹은 과일이 일시적으로 부여하는 상태이상 내성. 그것과 타쿠에게 줬던 [흑의 가드링]의 작은 효과 덕분일지 도 모르겠다.

그리고 나와 타쿠가 올려다본 곳에서는 코카트리스 떼가 상층과 중층 사이에 모여 있었다.

"켁, 바위산 중층까지 떨어졌나."

"그런 거지."

"나 참, 타쿠는 무모하잖아. 너는 파티 리더잖아. 나 같은 건 버려도 좋았을 텐데."

"뭐?"

내 말에 타쿠가 뜨악한 듯이 눈썹을 찌푸렸다. 그것도 모른 채 나는 말을 이었다.

"나는 여기서 탈락이야. 인챈트나 강화 아이템을 쓰면 타쿠 혼자라도 저 코카트리스떼를 돌파해서 다른 사람들과 합류할 수 있을 거야."

"잠깐 기다려. 왜 내가 윤을 두고 가는데?"

"지금 이 상황에서 나는 짐이야. 게다가 나는 나대로 광석이라도 채굴하면서 시간을——."

"윤!"

타쿠는 불쾌함을 숨기지도 않고 정면에서 내 어깨를 붙잡았다.

"나는 윤이 필요하니까 불렀어. 네가 필요해서—— 여기서 네가 탈락하면 안 되지."

그런 열렬한 설득은 여자한테나 하는 거 아닌가 싶어서 기가 막혔다.

"또 너한테 휘둘리게 됐군. 폐인 플레이어를 필사적으로 쫓아가는 나를 좀 배려해봐."

"그러면……."

"끝까지 따라가줄게."

나는 한숨을 내쉬면서도 타쿠의 설득에 응했다. 그렇긴 해도 일단 중층 부근까지 내려왔기 때문에 평범하게 올라갈 시간 여유가 없었다.

"여기서부터는 힘 좀 써야겠군. 갈 수 있겠어, 윤?"

"괜찮아. 〈클레이 실드〉로 발판을 만들면 최단 코스로 돌아갈 수 있어!"

나선형으로 만들어진 산길을 오르기보다도 짧은 거리를 올라가기 위한 발판을 만든다.

"간다! ──〈존 클레이 실드〉!"

위쪽의 바위벽에 지그재그 위치로 수직으로 솟는 열 개의 돌벽.

우리는 등산용 장비를 갖추고 구명줄을 연결한 뒤 그 발판을 똑바로 오르기 시작했다.

"타쿠, 코카트리스가 온다!"

"이대로 돌진해!"

열 개의 돌벽을 여러 번 만들어서 거리를 벌고, 상층과 중층의 경계에 모인 코카트리스를 베어내면서 선행하는 타쿠.

수많은 코카트리스를 벤 타쿠가 코카트리스의 적개심을 한 몸에 모았기에 코카트리스들은 모두 타쿠에게로 향했다.

"방해하지 마! ──〈존 봄〉!"

암벽 등반 중이라서 두 손은 쓸 수 없지만, 마법은 쓸 수 있다. 나는 시야에 모인 네 마리의 코카트리스를 동시 폭파해서 쫓아냈다.

그걸 반복하여 억지로 상층까지 돌파하였다.

그렇게 올라간 상층에서는 곳곳에서 마법, 스킬의 발동으로 빛이 번쩍이고 극채색의 빛을 볼 수 있었다.

　　"타쿠! 다른 사람들은 어디 있지?"

　　"나도 몰라. 하지만 코카트리스 킹은 여러 마리 있는데."

　　빛이 나는 위치를 생각하면 각 산길의 종착점에 보스 몹인 코카트리스 킹이 기다리고 있다고 생각되었다. 우리 파티가 어느 산길 코스에 있는지 모르는 지금 함부로 올라갔다간 다른 파티의 전투에 휘말려들지 몰랐다.

　　"아무튼 올라가서 확인할 수밖에——?!"

　　절벽 밑에서 솟아오른 그림자에 나와 타쿠는 코카트리스 킹의 습격을 상정하며 바위산에 몸을 붙였다.

　　그리고 그 그림자에 올라탄 지인이 우리에게 말을 걸었다.

　　"후우, 설마 두 사람이 떨어질 거라곤 생각 못 했지만, 그 복귀로 최단거리를 강행돌파할 줄은 생각도 못 했어."

　　"그 덕분에 우리도 적이 줄어든 곳으로 돌파할 수 있었으니까 좋잖아, [소재상] 씨?"

　　"에밀리! 그리고 마기 씨도!"

　　두 사람이 탄 것은 복수의 투명한 날개를 가진 지네 같은 몹이었다. [합성] 센스로 지네와 무슨 곤충을 합성한 결과겠지. 비행능력을 가진 널찍한 동체를 가진 합성몹인 지네가 꿈틀거리면서 하늘을 날았다.

두 사람은 우리 옆으로 비행 지네를 붙이고 착륙했다.

"두 사람은 왜 여기에?"

"나는 에밀리를 따라왔어. 조금이라도 우츠 강의 소재가 필요했으니까."

"나는 [소재상]으로서의 일이야. 개량한 비행형 합성 몹의 실험과 소재 회수. 그러는 도중에 두 사람이 떨어지는 걸 확인했지만."

그렇게 말하는 두 사람.

"그럼 에밀리, 나중에 회수 잘 부탁해."

"알았어. 그럼 나는 일단 위로 올라가야지. 자, 두 사람도 타."

""······무슨 소리야?""

비행지네의 등에 타라고 재촉하는 에밀리를 보며 나와 타쿠가 동시에 고개를 갸웃거렸다.

"파티와 합류할 거잖아? 그럼 이걸로 위에서 찾는 편이 빨라."

"땡큐. 고마워."

타쿠는 아무런 주저도 없이 비행지네의 등에 올라탔다. 나도 조심조심 타쿠의 뒤에 타고 지네의 껍질 틈새에 손가락을 걸듯이 붙잡았다.

"보내주는 것뿐이니까. 그리고 타쿠한테는 나중에 대금을 받을 거니까 각오해둬."

"왜 나만! 뭐, 무리 없는 범위라면 맡길게!"

"그럼 단숨에 간다!"

에밀리의 지시에 비행지네는 정상을 향해 수직으로 날기 시작했다. 마기 씨의 전송을 받으면서, 보스 몹인 코카트리스 킹과 싸우는 몇몇 광장을 넘어서 상승하여 간츠와 다른 이들을 찾았다.

"다들 어디 있지?"

"타쿠, 저기에 있어. 〈존 인챈트〉——디펜스, 마인드!"

우리가 굽어본 장소에서는 방패를 든 케이가 코카트리스 킹의 공격을 필사적으로 막아내고 있었다.

내가 최우선으로 케이에게 이중 방어 인챈트를 거는 동시에 타쿠가 비행지네에서 뛰어내렸다.

"아니, 타쿠?!"

타쿠는 지네의 등을 발판 삼은 도약으로 코카트리스 킹의 바로 위로 뛰더니 낙하의 기세를 이용하여 그 등에 장검을 꽂았다.

"자, 내가 돌아왔다! 얼른 보스를 쓰러뜨리자!"

"타쿠, 윤! 오는 게 늦잖아!"

방패를 든 케이가 소리쳤다. 간츠도 미닛츠도 마미도 우리의 귀환을 기뻐하며 말하였다.

"에밀리, 고마워."

"됐어. 나는 휘말리기 전에 대피할게."

그렇게 말하고 비행지네가 크게 꿈틀거리며 급강하하여 대피했다.

나는 다시금 파티와 대치하는 보스 몹, 코카트리스 킹에게 시선을 주었다.

코카트리스 킹의 남은 HP는 약 6할. 파티는 케이를 임시 리더로 해서 안정된 대미지를 준 모양이었다.

"혹시 우린 필요 없었나?"

"그렇지 않아! 윤이 돌아와줘서 기뻐!"

우리를 맞아주는 미닛츠. 그리고 마미도 코카트리스 킹에게 마법을 날리면서 끄덕였다.

"그렇긴 해도 용케 이렇게 금방 여기까지 돌아왔네. 게다가 지금 그건……."

"아하하……. 그건 차차 설명할게."

케이의 시선은 에밀리와 그 비행지네가 떠나간 방향을 보고 있었다. 주로 타쿠가 합류하여 임팩트가 컸겠지만, 에밀리도 충분히 인상을 남긴 모양이다. 나중에 설명해야겠군.

"자, 타쿠, 이제부터 어쩔 거지?"

임시로 파티 리더를 맡았던 케이가 그 역할을 타쿠에게 돌려주려고 하였다. 그걸 제지한 건 타쿠였다.

"지휘는 케이가 계속해. 나는 늦게 왔으니까. 일단 파티 멤버로 움직일게."

"……알았어. 윤과 마미를 중심으로 나머지 전원이 원진을 짜고 대공방어! 윤이랑 마미는 대공공격. 미닛츠는 빛 마법으로 방어."

케이가 다시금 지시를 내리는 것과 거의 같은 타이밍으로 코카트리스 킹이 하늘로 도망쳐서 상공에서 공격해 왔다.

나와 마미를 에워싸고 코카트리스와 대치하는 파티. 그 중심에서 나와 마미가 화살과 마법을 날렸지만, 코카트리스 킹은 닭 같은 모습과 어울리지 않는 민첩한 움직임으로 이쪽의 공격을 회피하였다.

"공격에 대비해! ──〈와이드 가드〉!"

방패를 든 케이가 파티 전체의 방어력을 올리는 방어 계열 아츠를 발동하고, 방어 인챈트와 맞추어서 코카트리스 킹이 일으키는 폭풍에 대비하였다.

그 직후에 코카트리스 킹의 입에서 나온 광범위 브레스 공격이 우리를 덮치고 주위의 공간에서 미쳐 날뛰었다.

미닛츠의 방어마법과 원진을 짠 전위들이 몸으로 폭풍을 받아낸 덕분에 그 중심에서도 후위의 우리가 무사할 수 있었다.

브레스 공격이 약해지는 타이밍에 나와 미닛츠는 포션과 회복 마법을 사용하여 전위의 HP를 회복하고, 전위가 방어를 위한 원진을 풀었다.

"윤. 녀석을 끌어내려! 타쿠와 간츠는 녀석이 떨어지는 순간을 노려!"

"알았어. ──〈연사궁 2식〉!"

나는 하늘을 나는 코카트리스 킹의 움직임을 예측하고 연속해서 화살을 날렸다. 그것도 움직임을 막고 지면으로 끌어내리기 위한 [마비]나 [수면], [기절] 같은 상태이상을 유발하는 약을 합성한 화살을 계속해서 날렸다.

그중 한 발이 꽂히자 코카트리스 킹은 날던 기세를 잃고 지면으로 떨어졌다.

"간다! 간츠!"

"그래, 지금이 찬스!"

지면에 떨어진 코카트리스 킹이 움직이지 못하는 사이에 간츠와 타쿠가 연속 공격을 가했다. 간츠가 온몸을 사용한 타격공격으로 대미지를 주고, 타쿠가 다마스커스 소드로 베었다.

케이는 후위를 지키기 위해 원거리 계열 아츠로 공격에 참여하고, 나와 마미가 그런 전위의 움직임 사이를 누비듯이 화살과 마법 공격을 가했다.

머지않아 상태이상이 풀린 코카트리스 킹이 다시금 하늘로 도망치려고 날아올랐다.

"전위는 돌아와서 브레스에 대비해!"

다시금 원진을 짜기 위해 돌아오는 타쿠와 간츠. 하지만 코카트리스 킹은 HP가 얼마 남지 않았을 때 새로운 움직임을 보였다.

"——전원, 산개!"

다시금 구축된 원진을 향해 위에서 날아드는 코카트리스 킹. 밀집대형에서 구르듯이 도망쳤지만, 나는 날뛰는 코카트리스 킹의 발차기를 어깨에 맞고 크게 날아갔다.

"이런?! 활이!"

날아가는 기세에 손에 쥐었던 장궁이 절벽까지 날아갔다.
순간 파티의 연대가 흐트러진 가운데 코카트리스 킹이 힐러
인 미닛츠를 표적으로 삼았다.

"미닛츠! 도망쳐!"

간츠의 목소리가 울리는 가운데 코카트리스 킹의 쳐든 앞
다리와 미닛츠 사이에 내가 뛰어들었다.

휘두른 앞다리의 일격에 두꺼운 철판을 두들기는 듯한 둔
한 소리가 주변에 울렸다.

"──윤?!"

"아프잖아, 하지만 역시나 흑철제 식칼. 단단하고 튼튼해."

코카트리스 킹의 일격에 비틀거리면서도 고기 써는 식칼
측면을 방패 삼아서 공격을 막아냈다.

활이 수중에 없는 상태에 파티의 연대도 무너졌다. 하지
만──.

"──이쪽도 그냥 후위에서 서포트만 하는 게 아냐! 만일
의 경우에는 고기방패가 될 준비 정도는 했다고!"

나는 소리를 지르면서 고기 써는 식칼을 크게 휘둘러서
코카트리스 킹의 발차기나 날개 공격을 정면에서 막아냈
다.

스테이터스로 뒤지기 때문에 공격은 별로였지만, 그걸
DEX 보정의 기술로 받아 흘리면서 회피하며 파티의 태세가
정비되는 타이밍을 기다렸다.

"윤. 그대로 타쿠와 같이 공격해!"

케이와 간츠가 미닛츠와 마미를 지키면서 파티의 태세가 정비되었다. 하지만 코카트리스 킹의 남은 HP를 생각하면 나는 후위로 돌아가지 않고 그대로 공격을 계속해서 마무리하라는 케이의 지시가 나왔다.

"그럼 얼른 목을 따버려야겠군!"

타쿠의 참전으로 이쪽의 공격이 코카트리스 킹의 공격을 수적으로 웃돌았다.

그리고 나는 코카트리스 킹의 공격을 피하며 눈앞까지 접근해서 두꺼운 고기 써는 식칼로 그 목을 베었다. 기세를 담은 일격은 스테이터스가 부족해서 끝까지 베지 못하고 목의 중간에서 멈추었다.

코카트리스 킹의 목에서 식칼을 빼내고 연속으로 공격할 기량이 없는 나는 얼른 식칼에서 손을 떼고 인벤토리에서 해체 식칼을 꺼냈다.

"윤! 끝내자! 내 공격에 맞춰!"

"알았어."

[하늘의 눈]으로 연장된 체감시간 속에서 타쿠의 공격과 동시에 해체 식칼을 코카트리스 킹의 가슴에 꽂았다. 그리고 칼을 빼내면서 몸을 돌려 그 등에 타쿠와 함께 다시금 일격을 가했다. 호흡이 맞는 연속공격은 연쇄 대미지 보너스로 들어가서 코카트리스 킹에게 커다란 대미지를 주었다.

그리고 마지막으로 나와 타쿠가 코카트리스 킹을 붙잡으면서 만들어낸 시간에 마미가 최대화력의 마법을 생성하여 코카트리스 킹에게 날렸다.

[쿠에에에에에——.]

코카트리스 킹의 단말마의 비명이 마법의 업화 속에서 터지고 차츰 그 화염의 기세에 눌려서 사라졌다.

보스치고 약한 축으로 느껴졌지만, 별의별 일이 다 생겨서 아무튼 지쳤다.

코카트리스 킹에게 꽂은 고기 써는 식칼이나 날아간 장궁을 회수하면 간신히 한숨 돌릴 수 있겠다는 심정일 뿐이었다.

종장   신기한 휴식소와 체내 던전

"그래, 그랜드 록의 폭주가 진정되기 시작했나."

슬금슬금 가라앉는 태양을 그랜드 록의 등에서 바라보는 나는 흑철제 곡괭이를 메고 중얼거렸다.

보스인 코카트리스 킹을 쓰러뜨렸기에 리젠된 보스를 포함한 모든 코카트리스가 보스 토벌 파티에게는 비선공 몹이 되었다.

그 사실이 판명되자, 코카트리스 킹이 출현하는 그랜드 록의 활동 시간 중에 가급적 많은 플레이어가 코카트리스 킹을 쓰러뜨릴 수 있도록 타쿠 일행이 도우미로 참여했다.

상층까지 도달했어도 보스전을 포기한 플레이어들을 중심으로 임시 파티를 짜서 보스 사냥을 반복했다. 그동안 나는 파티에서 이탈해서 상층부의 채굴 포인트를 찾아서 땅을 파고, 때로는 코카트리스 둥지에서 알 같은 유용한 아이템을 채취하였다.

"윤 군, 수고했어."

"좀 어때?"

"아, 마기 씨와 에밀리. 꽤 캤어요."

목소리에 돌아보니 타쿠네 파티의 도움으로 코카트리스 킹을 쓰러뜨린 마기 씨와 에밀리가 있었다.

두 사람 다 코카트리스가 비선공으로 변해서 안전하게 채굴할 수 있게 되어 각자의 장소에서 광석을 모으고 있었다.

"여기 좋네. 하층은 정해진 광석밖에 안 나오는데, 상층이면 다양한 종류의 광석이 나와."

"환금률도 좋으니까 [연금]과 [합성] 센스 연구비를 벌기에도 좋아."

마기 씨와 에밀리는 충분히 광석을 입수한 모양이었다.

나는 두 사람과 이야기하면서 코카트리스 킹의 둥지 같은 건초 둥지 안으로 들어가서 유용한 아이템을 찾았다.

"하지만 매번 이 바위산을 올라와야 한다니 고생이네요."

내 말에 동의하여 고개를 끄덕이는 두 사람.

그리고 별생각 없이 아래쪽의 고원을 둘러보니 대부분의 몹들을 쓰러뜨렸고, 남은 보스는 고원의 주인인 라이트닝 호스와 초대형 육지거북인 그랜드 록밖에 없는 상황. 라이트닝 호스는 너무 실력이 차이나는 탓에 방치되었지만──.

[남은 건 거대거북! 경험치와 레어 아이템을 뿌리째 긁어주지!]

그런 가운데 살아남은 플레이어들이 일제히 그랜드 록에게 공격을 가했다.

딱히 쓰러뜨릴 필요는 없지만, 그래도 그랜드 록을 쓰러뜨리려는 플레이어에게는 놀라는 한편 기가 막혔다.

"살벌하네."

나는 펼친 시트 위에 차 세트를 준비하고 [산악사과] 껍질을 홍차에 담근 애플티를 마기 씨와 에밀리에게 내놓으면서 아래쪽을 살폈다.

"이래서 그랜드 록이 쓰러지면 다음부터는 상층부에 광석을 캐러 오기 쉬워질지도 모르지만……."

"아무리 봐도 저건 안 쓰러져……."

아래쪽의 플레이어들은 이런저런 방법을 바꿔가면서 공격을 거듭했지만, 그랜드 록에는 일체 대미지가 들어가지 않았다.

뮤우나 세이 누나 등은 통상공격으로는 쓰러뜨리지 못한다고 깨달았는지, 한 발 물러나서 작전을 짜는 모습이 [하늘의 눈]을 통해 잘 보였다.

"고생하네. 포기하면 좋을 텐데."

"눈앞에 반격하지 않는 적이 있으니까 하는 거야. 공격 계열 센스의 레벨업도 되고."

마기 씨의 해설을 듣기 전에 혼자 그랜드 록의 진행방향으로 뛰어들어서 짓밟히는 플레이어가 있었다. 아무리 반격하지 않는다고 해도 사고는 일어나는 모양이다.

우리는 그런 아래쪽 광경을 바라보면서 애플티를 마시고 깎은 사과를 다 먹은 뒤에 아이템 수집을 재개했다.

"최대한 많은 아이템을 모으고 싶은데. 다음에 언제 여기에 올지 알 수 없——히이이익?!"

아이템을 찾으려고 들어간 코카트리스 킹의 둥지 바닥이 갑자기 쑥 꺼졌다.

다급히 달려온 마기 씨와 에밀리를 올려보면서 나는 손을

흔들어 무사하다고 전했다.

"윤 군, 괜찮아?!"

"괘, 괜찮아요."

코카트리스 킹의 둥지 밑에는 바위 동굴이 펼쳐져 있었다. 구멍으로 기어 나오지 않고 동굴 안쪽으로 들어가 보니, 초목이 난 정원 같은 장소가 존재했다.

부드러운 지면에 키 작은 초목이 우거지고, 샘에서 콸콸 물이 솟아나며 동굴 안쪽으로 흘러갔다.

"여기는 뭐지? 게다가 밝은데."

동굴 천장을 올려다보니 사람이 지나갈 만한 구멍이 여러 개 뚫려서, 아무래도 그 구멍 위에는 내가 떨어진 것과 마찬가지로 코카트리스 킹의 둥지가 있는 듯했다.

그런 구멍에서 빛이 들어와서 동굴 안이라도 충분한 광량이 확보된 모양이었다.

"왠지 잘못된 방식으로 침입한 것 같은데. 안쪽으로 들어가지 말고 출구를 찾아야겠다."

거기에 솟는 샘물을 확인하니 생산소재로도 쓸 수 있는 [생명의 물]이었다. 그 외에도 전이 오브젝트인 포털도 찾을 수 있었다. 아무래도 이 장소는 일종의 세이프티 에어리어인 듯했다.

잠시 동안 주위를 찾아보니 [간파] 센스가 반응하는 곳이 나와 거기를 곡괭이로 무너뜨리자 밖으로 나갈 수 있었다.

아무래도 정상보다 조금 아래의 산길로 통하는 모양이었

다. 근처에는 또 코카트리스 킹의 둥지가 있어서, 이 세이프티 에어리어로 들어가려면 보스와 한 번 싸울 필요가 있었다.

"휴우, 겨우 밖으로 나왔다."

탈출방법이 없는 경우에는 떨어진 구멍을 기어 올라갈까 생각했다.

곧 타쿠와 마기 씨 등을 데리고 정상에서 동굴 안으로 돌아갔다.

"오오?! 뭐지, 여긴?!"

"안쪽으로 이어지잖아. 모험할 곳이 더 있나!"

즐거운 듯이 말하는 타쿠, 그리고 그랜드 록의 상층으로 가는 단축코스가 개통되어서 편하겠다고 다들 기뻐하였다.

그와 때를 함께하서 그랜드 록의 활동이 정지하고, 서서히 바위산 전체의 진동 간격이 길어지다가 결국에는 멈추었다.

"그랜드 록이 멈췄나."

이걸로 발견한 포털에서 [아트리엘]까지 돌아갈 수 있다. 그렇게 생각했을 때 뮤우에게서 프렌드 통신이 들어왔다.

[윤 언니! 이쪽은 전부 끝났어.]

"수고했어. 이쪽은 포털을 발견했으니까 이걸 써서 마을로 돌아갈 생각이야."

[어엇?! 뭐 없어?! 거기에 뭐 없어?!]

"아니, 바위산 중간 안쪽으로 이어지는 듯한 동굴이 있을 뿐인데."

[설마 체내로 침입?! 즉 그랜드 록은 내부 파괴 계열 보스였던 건가! 지금 당장 갈 테니까!]

일방적으로 떠들고 프렌드 통신을 끊는 뮤우. 나는 걱정이 되어서 일단 동굴 밖으로 나가 뮤우를 찾았더니, 뮤우는 움직임을 멈춘 그랜드 록의 등을 올라왔다. 도중에 그걸 막으려고 코카트리스떼가 둥지에서 차례로 튀어나왔고, 중턱 근처가 되자 뮤우의 하얀 장비와 코카트리스의 하얀 몸이 구분되지 않을 정도로 코카트리스가 모여서 뮤우를 공격하려고 들었다.

"설마 코카트리스가 무한으로 나오나. 판타지로군."

어디에서 그런 양이 솟아나는 걸까 싶은 느낌으로 차례로 둥지에서 나오는 코카트리스들을 멋지게 돌격하는 뮤우와 플레이어들이 차례로 격퇴하였다.

[왜 돌파할 수 없는 거야!]

"뭐, 코카트리스가 무한으로 나오고 있으니까."

[다음에 올라올 찬스까지 기다릴 수밖에 없다니! 분해! 그러니까 윤 언니가 내 대신 보고 와!]

"뭐?!"

난 이제 지쳐서 돌아가고 싶은데. 속으로 그렇게 중얼거렸지만 만사 틀린 모양이다. 안 좋은 예감이 들었다.

[초대형 몹의 등에 등정. 그리고 내부로 이어지는 동굴이라면——체내 던전!]

그렇게 소리치며 뮤우와의 프렌드 통신은 끊어졌다.

황급히 동굴 내부의 신기한 휴식소로 돌아와보니, 거기선 이미 타쿠네 파티가 안쪽으로 들어갈 준비를 끝마친 모습이었다.

"피와 살이 중심이 된 던전이 펼쳐졌을 거야."

타쿠의 말을 듣고 상상만 해도 기분이 안 좋아졌다.

"그랜드 록과 관련된 기믹이 있을지도 모르고, 어쩌면 전혀 다른 게 있을지도 몰라. 그러니까 우리는 미지의 에어리어에 제일 먼저 들어가서 정보나 아이템을 가지고 돌아온다!"

나는 슬며시 빠져나가려고 전이용 포털로 다가갔지만, 타쿠에게 어깨를 붙잡혔다.

"그러니까 갈 수 있는 데까지 간다!"

"진짜냐……."

추욱 고개를 숙이는 내 손을 붙잡고 '자, 가자'라고 하면서 간츠 쪽으로 끌고 갔다.

피와 살이라는 말에 여성진은 싫은 얼굴을 할 줄 알았는데, 의외로 미닛츠는 의욕적이고 마미도 다소 안색이 안 좋긴 하지만 약한 소리를 하진 않았다.

"그럼 윤. 유용한 아이템 보고를 기대할게."

"나는 에밀리와 같이 돌아갈 예정이니까 힘내."

웃으면서, 그리고 신속하게 이 자리에서 탈출을 꾀하는 에밀리와 마기 씨. 나도 그러고 싶다고 생각하면서 두 사람이 전이하는 모습을 지켜보았다.

동굴 안에는 그 포털에 등록한 플레이어들이 밀려들어서,

지금부터 던전을 공략할지 의논을 시작했다.

"자, 윤! 서두르지 않으면 제1공략자의 영예를 얻을 수 없어!"

"나로서는 미지에 대한 공포와 피와 살의 그로테스크에 도전하고 싶지 않은데……."

내가 중얼거린 말은 타쿠에게 닿지 않았고, 타쿠는 어린애 같은 미소를 이쪽에게 보냈다.

"나 참, 던전 공략에 참여하는 건 이번뿐이니까……."

"좋아, 그럼 간다!"

타쿠가 선두에 서서 동굴 안으로 들어갔다.

어둑어둑한 동굴과는 대조적으로 우리 파티의 분위기는 밝고 의욕으로 가득했다.

우리의 모험은 아직 끝날 것 같지 않았다.

—— 스테이터스 ——

NAME : 윤

무기 : 검은 소녀의 장궁

부무기 : 마기 씨의 식칼, 고기 써는 식칼 – 중흑, 해체 식칼 – 창무

방어구 : CS No.6 오커 크리에이터

액세서리 장비 한계 용량 2/10

– 페어리 링 (1)

– 대신하는 보옥의 반지 (1)

소지 SP 33
[활 Lv46] [장궁 Lv20] [하늘의 눈 Lv12] [준족 Lv10]
[간파 Lv20] [마도 Lv11] [부가술 Lv36] [지 속성 재능 Lv27]
[조약 Lv40] [요리인 Lv11]
대기
[연금 Lv38] [합성 Lv39] [생산의 소양 Lv42] [조교 Lv14]
[조금 Lv23] [수영 Lv13] [언어학 Lv24] [등산 Lv21]

그랜드 록 등정 작전
– 코카트리스 킹 격파
– 수수께끼의 체내 던전을 발견하다?
– 청과 은의 미스틱링 (조정중)

작가 후기

처음이신 분, 오래간만이신 분, 안녕하세요. 아로하자초 입니다.

이 책을 손에 들어주신 분, 담당 편집자 A씨, 작품에 멋진 일러스트를 준비해주신 유키상 님, 코미컬라이즈판의 하니 쿠라운 님, 또 인터넷에서 제 작품을 봐주신 분들께 다대한 감사를 드립니다.

현재 드래곤 매거진에서 주인공의 여동생 뮤우가 주역인 OSO의 스핀오프 작품 [백은의 여신]이 연재중이니 이쪽도 잘 부탁드립니다.

이번 7권은 Web판의 이야기를 재구성하여 꽤나 깔끔한 에피소드가 된 듯합니다만, 즐겁게 읽으셨는지요. 그렇다 면 다행이겠습니다.

이번 후기는 좋아하는 캐릭터상에 대해 이야기할까 합니다.

좋아하는 캐릭터로서 동서고금, 악역을 좋아하는 분도 있 겠죠. 저도 악역의 악의 미학이란 것을 의외로 싫어하지 않 습니다.

압도적인 카리스마성이나 주인공에게 주는 절망감, 그리 고 초절미형. 그것들은 오히려 주인공의 활약을 돋보이게 하는 것이라고 생각합니다. 하지만 저는 조금 더 글러먹은 타입의 악역을 좋아합니다.

구체적으로는 록맨 시리즈 전체에 등장하는 와일리 박사 등은 아주 제 취향입니다. 일단 뭐가 좋냐고 하면 자존심이 강하죠. 이건 보는 쪽으로서는 별것도 아닌 일에 괜히 자신만만한 모습을 보이기에 안쓰러움이 느껴집니다. 만년 2위라는 프라이드 덩어리에, 패배하면 명물인 [점핑 절하기]를 피로하는 모습은 악역으로서의 안쓰러움을 보이기에 더할 나위 없는 모습이라고 생각합니다.

그러는 한편, 와일리 박사는 자기가 만든 로봇에 심상찮은 정열을 붓고 아주 소중히 여기는 정 많은 일면도 가집니다. 또 와일리 박사가 손댄 로봇들 중 대부분은 전투용이 아니라 어떤 다른 용도를 가진 로봇이 많으며, 또 마음도 가지고 있습니다. 이것에서는 아들 같은 로봇을 [전투만의 존재로 만들지 않는다]라는 신념 같은 게 느껴집니다.

이런 이유로 매번 록맨에게 붙잡힌 와일리 박사는 차기작에서 짧은 형기를 마치고 출소하기 때문에, 와일리 박사의 사건은 세간 일반에게 그리 큰 사건이 아니라는 취급이라고 생각합니다. 아마 일반시민이 보면 '하하, 그 민폐 박사가 또 뭔가 시작했군'이라는 일종의 안심감이 있지 않을까요. 또 작중이 패미콤 세대인 게임이라서 딱히 살인묘사 같은 것도 없고, 그렇기 때문에 형기가 짧을지도 모릅니다. 어쩌면 아들이라고 할만한 로봇을 대량살인자로 만들고 싶지 않다는 마음이 있을지도 모릅니다. 뭐, 록맨은 아니지요. 라이벌인 라이트 박사의 상징적인 존재니까요.

만화판에서는 작품별로 와일리 박사의 차이가 보이는 모양입니다만, 개인적으로는 록맨 에그제 3의 젊고 이상에 불타는 와일리의 모습을 좋아합니다.

앞으로 저 아로하자초를 잘 부탁드립니다.

마지막으로 이 책을 손에 들어주신 독자 여러분께 다시금 감사의 말을 드립니다.

또 여러분을 만날 날을 기대하고 있겠습니다.

2015년 9월 아로하자초

Only Sense Online Vol.7
©Aloha Zachou, Yukisan 2015
First published in Japan in 2015 by KADOKAWA CORPORATION, Tokyo.
Korean translation rights arranged with KADOKAWA CORPORATION, Tokyo.
Korean translation rights ©2016 by Somy Media, Inc.

온리 센스 온라인 7

2016년 12월 8일 1판 1쇄 인쇄
2016년 12월 15일 1판 1쇄 발행

저　　자	아로하자초	
일러스트	유키상	
옮 긴 이	한신남	
발 행 인	유재옥	
본 부 장	조병권	
담당편집자	김민지	
편　　집	김민지, 김진아, 정영길, 박찬솔, 권오범	
라이츠담당	오유진	
디 지 털	홍승범	
발 행 처	㈜소미미디어	
등　　록	제2015-000008호	
주　　소	서울시 마포구 토정로222, 403호(신수동, 한국출판콘텐츠센터)	
판　　매	㈜소미미디어	
마 케 팅	한민지	
전　　화	편집부 (070)4164-3962, 3963 기획실 (02)567-3388	
	판매 및 마케팅 (070)4165-6888, Fax (02)322-7665	

ISBN 979-11-5710-555-7 04830
ISBN 979-11-5710-083-5 (세트)